El regreso del soldado

Contemporánea
Narrativa

REBECCA WEST

EL REGRESO DEL SOLDADO

Epílogo de José María Guelbenzu

Traducción del inglés por Andrés Barba

AUSTRAL

Seix Barral

Título original: *The Return of the Soldier*

Seix Barral, un sello editorial de Editorial Planeta, S. A.
Avda. Diagonal, 662-664, 08034 Barcelona (España)
www.seix-barral.es
www.planetadelibros.com

Diseño de la colección: Compañía
Adaptación de la cubierta: Austral / Área Editorial Grupo Planeta
Fotografía de la cubierta: © Elisabeth Ansley / Arcangel
Primera edición en Austral: enero de 2026

Depósito legal: B. 21.113-2025
ISBN: 978-84-322-4930-3
Impreso en España

Biografía

Rebecca West nació en 1892 en Londres con el nombre de Cicely Isabel Fairfield y adoptó su pseudónimo en homenaje al personaje homónimo de Ibsen, una heroína rebelde. West fue aclamada como la mujer de letras más importante de su tiempo, llegando a ser nombrada dama del Imperio británico. Amiga de Virginia Woolf y de Doris Lessing, fue una feminista sui géneris (con una personalidad demasiado indomable para aceptar ninguna etiqueta) y una verdadera adelantada a su tiempo: sufragista, escritora y periodista con una carrera plagada de éxitos que la llevó a cubrir, para las cabeceras más prestigiosas, desde los juicios de Núremberg hasta el Apartheid. Además de la trilogía de los Aubrey (*La familia Aubrey*, *La noche interrumpida* y *La prima Rosamund*), entre su producción literaria destacan obras como *El regreso del soldado* o *Cuando los pájaros caen*.

Para J.

I

—¡Ay, no empieces a quejarte! —se lamentó Kitty—. Si todas las mujeres de hoy en día se inquietaran porque su marido se pasa dos semanas sin escribir... Además, si hubiese estado en algún sitio interesante, en algún lugar en el que la batalla hubiese sido realmente intensa, habría encontrado la manera de decírmelo, en vez de ese «En algún lugar de Francia». Seguro que se encuentra bien.

Estábamos sentadas en el dormitorio del niño. Yo no tenía intención de volver a entrar en él después de su muerte, pero me había encontrado de golpe con Kitty metiendo la llave en la cerradura y me quedé mirando la alta habitación tan llena de blancura y colores claros, tan insoportablemente alegre y familiar, que se conservaba en todos los sentidos como si aún hubiera un niño en la casa. Era el primer día rotundo de primavera y la luz del sol se filtraba con tanta intensidad a través de las altas ventanas abovedadas y las cortinas de flores que, en los viejos tiempos, seguramente habría alzado una manita regordeta para señalar las nuevas glorias translúcidas de los capullos de rosas. La luz se extendía en grandes remansos sobre el suelo de corcho azul y las mullidas alfombras estampadas con extrañas bestias y arrojaba rayos danzarines, que con toda probabilidad habrían sido gravemente observados durante horas, sobre la pintura blanca y las paredes de un azul descolorido. Caía sobre el caballo balancín —el regalo perfecto, según Chris, para su hijo de un año—, mostrando su buen porte y sus muchas pecas, y resaltaba a Mary y a su corderito en la otomana de cretona. Sobre la repisa de la chimenea, bajo la adorada estampa del tigre rugiente, en actitudes tensas y relajadas a la vez, como si estuvieran dispuestos a jugar a gusto de su amo pero les costara no adormecerse en ese clima tan cálido, estaban sentados el oso de peluche y el chimpancé y el perro blanco y lanudo, y también el gato negro con los ojos en blanco. Todo estaba allí, excepto Oliver. Me di la vuelta para no espiar a Kitty visitando a sus muertos, pero fue ella la que me llamó.

—Ven aquí, Jenny. Voy a secarme el pelo.

Y cuando volví a mirar, vi que el cabello dorado le llegaba a los hombros y que llevaba sobre el vestido una pequeña chaqueta de seda ribeteada con capullos de rosa. Se parecía tanto a una chica de portada de revista que casi daba la sensación de que en cualquier momento le iba a aparecer un gran cartel de MEDIDAS PERFECTAS pegado a su persona. Cogió la silla de mimbre de la niñera de su sitio, junto a la trona, y la empujó hacia la ventana principal.

—Siempre vengo aquí cuando Emery me lava el pelo. Es la habitación más luminosa de la casa. Me gustaría que Chris no la mantuviera como cuarto de niños cuando ya no hay posibilidad...

Se sentó, acomodó el cabello sobre el respaldo de la silla a la luz del sol y me tendió su cepillo de concha de tortuga.

—Cepíllalo de cuando en cuando, sé buena. Pero ten cuidado. La concha de tortuga se quiebra enseguida.

Cogí el cepillo y me volví hacia la ventana, apoyando la frente en el cristal y contemplando la vista con despreocupación. Es conocida la belleza de esa vista, porque cuando Chris reconstruyó Baldry Court tras su matrimonio, se la encomendó a unos arquitectos que no tenían tanto la mirada salvaje del artista como el guiño cómplice de la manicura, y entre ellos convirtieron ese viejo y amado lugar en motivo de innumerables fotografías en la prensa ilustrada. La casa se encuentra en la cima de Harrowweald y, desde sus ventanas, la vista se pierde sobre kilómetros de praderas color esmeralda que se extienden, húmedas y brillantes, bajo una línea de elegantes colinas azules hacia el oeste y bosques lejanos. Al acercarse se ve el suave decoro del césped, el cedro del Líbano, con unas ramas que son como la encarnación de la oscuridad, y los matices de los pinos más altos del bosque que se extiende hacia abajo, con sus ramas desnudas en una abigarrada textura de marrones y púrpuras, desde el estanque hasta el borde de la colina. Ese día su belleza era como una afrenta para mí porque, como la mayoría de las mujeres inglesas de mi época, ansiaba el regreso de un soldado. Desdeñando el interés nacional y todo lo que no tuviera que ver con el afilado y punzante impulso de nuestros corazones, deseaba arrebatar a mi primo Christopher de la guerra y encerrarlo en esa verde placidez que ahora contemplábamos su esposa y yo. Últimamente había tenido pesadillas con él. Por la noche veía a Chris corriendo sobre la podredumbre marrón en tierra de nadie, volviéndose hacia atrás porque había pisado una mano, sin atreverse a mirar siquiera al otro lado por el horror de una cabeza sin enterrar, y no fue hasta que mi sueño se llenó de espanto que lo vi inclinarse hacia delante de rodillas, como si llegara a un lugar seguro, si es que era eso. En las películas bélicas había visto a hombres deslizarse con la misma suavidad desde el parapeto de la trinchera, pero nadie, salvo los filósofos más sombríos, habría afirmado que esa caída los ponía a salvo. Y cuando logré escapar a la vigilia fue solo para quedarme allí rígida y pensando en las historias que me había contado la voz infantil del subalterno moderno, que resonaba indómita pero con la mayoría de sus alegres notas atenuadas. «Una noche estábamos todos en un granero y cayó un proyectil. Mi amigo gritó: "¡Ayúdame, viejo, no tengo piernas!", y yo tuve que responder: "¡No puedo, viejo, no tengo manos!"» Bueno, así eran los sueños de las mujeres inglesas de esa época, no podía quejarme, pero deseaba el regreso de nuestro soldado.

De modo que dije: «Me gustaría tener noticias de Chris. Hace quince días que no nos escribe». Y entonces Kitty refunfuñó: «¡Ay, no empieces a quejarte!», y se inclinó sobre su imagen en el espejo de mano como quien se inclina sobre unas flores perfumadas para refrescarse.

Intenté construir a mi alrededor una pequeña esfera de tranquilidad como la que siempre la rodeaba a ella, y pensé en todo lo que seguía siendo bueno en nuestras vidas, a pesar de la partida de Chris. Recorrí con la mirada el suave ladrillo del muro del jardín a través de los árboles y pensé que, con la creación de aquellos jardines en el lado sur de la colina, tan bien cuidados como las manos de una mujer, Kitty y yo habíamos demostrado ser dignas de la generación anterior, que había construido la vieja casa en este soleado saliente rodeado de belleza. Era verdad que habíamos hecho mucho por la nueva casa. Podía transportar mi mente de una habitación a otra como un gato que ronronea frotándose contra todas las cosas hermosas y frágiles que habíamos recuperado de la antigüedad o desenterrado de las oscuras fosas de la artesanía moderna, deleitándome con el color que brillaba en todos los tapizados que habíamos elegido solemnemente con una intensidad tan pura que parecía emanar tanto calor como el sol. Incluso entonces, cuando el gasto me parecía un poco vergonzoso, no podía dejar de pensar en esa belleza más que con orgullo. Estaba segura de que no se nos podía reprochar el lujo porque habíamos construido un buen lugar para Chris, una pequeña parte del mundo que era, en la medida en que puede serlo una superficie, lo bastante buena para su asombrosa bondad. Allí habíamos alimentado aquella extraordinaria amabilidad suya tan habitual que casi podía considerarse una de sus características físicas, ya que cualquier lapso de malhumor resultaba en él una calamidad tan sorprendente como la rotura de una pierna. Allí habíamos conseguido que la felicidad fuera para él algo inevitable. Yo podía cerrar los ojos y pensar en innumerables pruebas de lo bien que lo habíamos hecho, pues nunca se había visto a un hombre tan claramente complacido: la forma en que se quedaba con nosotras por las mañanas mientras el coche vibraba en la puerta, deleitándose con cualquier reflejo del clima en el marco familiar de las cosas, cómo ardían nuestras habitaciones repletas de colores brillantes hasta en el más oscuro día de invierno, cómo ni el verano más tórrido conseguía invadir los frescos y húmedos espacios frondosos de nuestro jardín, la forma en que, en mitad del entretenimiento de una gran comitiva, nos sonreía en secreto, como si supiera que no íbamos a cesar en nuestra tarea de reconfortarlo, y todo lo que hizo aquella mañana de hace apenas un año, cuando se marchó al frente...

Primero se sentó en la sala de la mañana y estuvo charlando y miró aquel prado que ya tenía la desolación de un escenario vacío a pesar de que aún no se había marchado, luego interrumpió repentinamente su contemplación y recorrió la casa, observando muchas de las habitaciones. Fue a los establos, miró los caballos e hizo sacar a los perros, pero se abstuvo de tocarlos o de hablarles, como si ya se sintiera infectado por la sordidez de la guerra y no quisiera contaminar su radiante bienestar físico. Luego se dirigió a la linde del bosque y se quedó mirando los macizos de rododendros de hojas oscuras y la maraña amarilla de los helechos del año pasado y el frío negro invernal de los árboles. (Yo lo espié desde esta misma ventana.) Al final regresó melancólicamente a la casa para estar con su esposa hasta el momento de su partida, y yo me quedé con ella en los escalones para verlo marchar hacia Waterloo. Nos besó a las dos. Cuando se inclinó sobre mí, me di cuenta una vez más de que su pelo era de dos colores, castaño y dorado. Luego subió al coche, adoptó su aire de soldado y dijo: «¡Hasta la vista! Os escribiré desde Berlín», y al hablar echó la cabeza hacia atrás y clavó una dura mirada en la casa. Aquello significaba, lo supe entonces, que amaba la vida que había vivido allí con nosotras y que deseaba llevar consigo, a aquel lúgubre lugar de muerte y suciedad, la imagen más completa de todo lo relacionado con su hogar, una imagen en la que su mente pudiera detenerse cuando las cosas estuvieran en su peor momento, como un hombre que se guarda un amuleto bajo la camisa. Esta casa, esta vida con nosotras, era el núcleo de su corazón.

—¡Si pudiera regresar! —dije—. Era tan feliz aquí.

Y Kitty respondió:

—No podría haber sido más feliz.

Y era importante que hubiese sido feliz, porque no era como el resto de los hombres de ciudad. En nuestra infancia, cuando jugábamos en ese bosque, siempre había mostrado una gran fe en la inminencia de lo improbable. Pensaba que el abedul podía realmente agitarse y encoger hasta convertirse en una princesa encantada, que él era realmente un indio piel roja y el disfraz se le caería de repente al atardecer, que en cualquier momento podían asomar entre los helechos los rojos colmillos de un tigre, y esperaba esas cosas con un impulso de la imaginación más fuerte que el de los niños normales y corrientes. Y por mil insinuaciones distintas, por la ocasional fijeza de su mirada sobre las cosas buenas como si estuvieran a punto de convertirse en otras mejores, por la expectación apasionada con la que viajaba a países desconocidos o entablaba relación con personas nuevas, me di cuenta de que esa fe persistía en su vida adulta. Había cambiado su ilusión de convertirse en un indio piel roja por la de reconciliarse completamente con la vida. Era aquella desesperada esperanza suya de que acabaría teniendo una experiencia que obraría en su vida un influjo como el de la alquimia, convirtiendo en oro todos los oscuros metales de los acontecimientos, y que gracias a esa revelación seguiría su camino enriquecido por una alegría inextinguible. No había, por supuesto, ninguna posibilidad de que eso ocurriera. No había espacio, literalmente, para que se produjera una revelación en su abarrotada vida. Para empezar, tras la muerte de su padre se había visto obligado a hacerse cargo de un negocio lastrado por las necesidades de una turba de parientes femeninas, todas ellas inútiles, ya fuera a la vieja usanza, con sus tapetes, o a la nueva, con sus palos de golf. Luego había llegado Kitty, que había retomado su idea de lo que para ella era un gasto normal y la había estirado despreocupadamente como quien estira un guante nuevo sobre la mano. A continuación, la difícil tarea de aprender a vivir tras la muerte de su hijo pequeño. Sobre nosotras había recaído, como la responsabilidad que nos daba dignidad, compensar la falta de aventura con una vida agradable. Y sin embargo ahora, precisamente por haber cumplido de una manera tan brillante con nuestra tarea, qué lúgubre resultaba el escenario vacío...

Tal vez no éramos, al fin y al cabo, unas mujeres tan despreciables, porque nada que no se hubiera referido antes a la atención de Chris podía llegar a formar parte de nuestra vida. Recuerdo que, cuando la criada entró con una tarjeta en la bandeja, pensé en lo poco que me importaba quién hubiera venido o qué bandera de belleza enarbolara, porque no había posibilidad alguna de que entrara Chris y se plantara a su lado con su belleza enrojecida por la luz del fuego y le mostrara aquella atención desinteresada, como la que los hombres poco musicales prestan a la buena música o los de sentimientos arraigados a las mujeres atractivas.

Kitty leyó en la tarjeta:

—«Señora de William Grey, Mariposa, Ladysmith Road, Wealdstone». No conozco a nadie que viva en Wealdstone.

Así se llamaba la mancha suburbana roja que ensuciaba el campo, cinco kilómetros más cerca de Londres que de Harrowweald. Ya no se podía proteger el entorno como en los viejos tiempos.

—¿La conozco, Ward? ¿Ha estado aquí antes?

—Oh, no, señora. —La camarera sonrió con sorna—. Ha dicho que tenía noticias para usted.

Por su tono se podía adivinar una explicación demasiado confidencial de una visitante desaliñada que había usado el felpudo de la entrada con más celo de lo normal.

Kitty lo pensó y dijo:

—Bajaré.

Cuando se marchó la criada, cogió las horquillas de ámbar de su regazo y empezó a enrollarse el pelo alrededor de la cabeza.

—Es una moda del año pasado —comentó—, pero creo que para una persona que vive en esa dirección será suficiente. —Se levantó y arrojó su pequeña chaqueta de seda sobre el caballito balancín—.

La voy a ver porque tal vez necesite algo y, sobre todo, porque quiero ser amable con la gente mientras Chris está fuera. Una tiene que ganarse el cielo.

Durante un minuto se mostró radiante en su lejanía, pero cuando entrelazamos los brazos y salimos al pasillo se volvió más mortal con un mohín.

—Hay que ver la gente, cómo interrumpe la calma —gimió con reproche, y cuando llegamos a la parte superior de la amplia escalera se inclinó sobre la barandilla blanca para echar un vistazo al vestíbulo y me apretó el brazo—. ¡Mira! —susurró.

Justo debajo de nosotras, en uno de los sillones de cretona más bonitos de Kitty, estaba sentada una mujer de mediana edad. Llevaba una gabardina amarillenta y un sombrero negro de plumas pegajosas que parecían haber sido renovadas hacía poco con algo sacado de una botellita comprada en la farmacia. Había enrollado sus guantes de hilo negro en un ovillo sobre el regazo, para poder doblar su falda de alpaca gris bien por encima de sus botas embarradas y ajustarse la trenza con una mano roja arrugada que adquirió un aspecto aún más horrible cuando la alzó para tocar las brillantes flores de azalea rosa que estaban sobre una mesa, a su lado. Kitty se estremeció y murmuró:

—Acabemos con esto. —Y bajó corriendo las escaleras. En el último escalón se detuvo y dijo con deliberada dulzura—: ¿Señora Grey?

—Sí —respondió la visitante alzando hacia Kitty un rostro cetrino y relajado cuya expresión me produjo una aguda punzada de compasión a su favor; era bonito que una mujer tan sencilla se regocijara tan ardientemente de la belleza de otra—. ¿Es usted la señora Baldry? —preguntó, casi como si se alegrara de ello, levantándose.

Las varillas de su corsé barato chasquearon al moverse. En fin, tampoco estaba tan mal. Su cuerpo era largo, redondo y torneado, con una noble anchura de hombros, llevaba el cabello rubio enrollado con disimulo en torno a una hermosa frente y sus ojos grises, aunque distantes, como si todo lo que valía la pena mirar en la vida hubiera quedado muy lejos, rebosaban ternura. Aunque era delgada, tenía algo de la saludable y entrañable pesadez del buey de tiro o del gran perro de confianza. Y, sin embargo, estaba muy mal, repulsivamente envuelta en abandono y pobreza, como un buen guante que se ha caído detrás de una cama de hotel y que ha permanecido allí sin que nadie lo toque durante uno o dos días, resulta repugnante cuando la criada lo rescata de entre el polvo y las pelusas.

Mientras nos sentábamos, nos dijo directamente:

—Mi criada principal es hermana de su segunda criada.

Eso nos dejó perplejas.

—¿Ha venido por alguna recomendación?

—Oh, no. Hace dos años que tengo a Gladys y siempre me ha parecido una chica muy buena. No necesito ninguna recomendación. —Recorrió con la uña la costura rota de un oscuro bolso de piel de cerdo que se deslizaba sobre su brillante regazo de alpaca—. Pero las chicas hablan, ya saben. No hay que culparlas...

Parecía atrapada en una espesura de vergüenza y se sentó mirando a la azalea.

Con la dureza de quien ve ante sí la maldición de la vida de las mujeres, una pelea doméstica, Kitty dijo que no le interesaban los chismes de las criadas.

—Oh, no —le brillaron los ojos, como si hubiéramos sido poco amables—, no es de los chismes de las criadas de lo que quería hablar. Solo he mencionado a Gladys —continuó recorriendo la costura reventada de su bolso— porque así es como me he enterado de que usted no lo sabía.

—¿Qué es lo que no sé?

Su cabeza se inclinó un poco.

—Lo del señor Baldry. Perdóneme, no sé su rango.

—Capitán Baldry —dijo Kitty con asombro—. ¿Qué es lo que no sé de él?

La mujer miró a lo lejos, hacia la puerta abierta con su vista de pinos oscuros y el pálido sol de marzo. Pareció tragar algo.

—Que no está bien —respondió suavemente.

—¿Quiere decir que está herido? —preguntó Kitty.

Las mohosas plumas oscilaron al mover su rostro apacible con un aire de perplejidad.

—Sí —dijo—, está herido.

Los ojos brillantes de Kitty se cruzaron con los míos y las dos obedecimos a ese misterioso impulso humano de sonreír triunfalmente ante el espectáculo de la bajeza humana. Porque esa noticia no era cierta. No podía ser cierta. Si Chris hubiese estado herido, la Oficina de Guerra nos habría telegrafiado de inmediato. Se trataba de un fraude de esos que salían en los periódicos que registran meticulosamente la miseria con titulares del tipo: «Desalmado fraude a esposa de soldado». Ahora diría que había tenido que hacer algún gasto para traernos sus noticias, y que era pobre, y ante la primera mirada de generosidad por nuestra parte vendría alguna historia de apuros que asquearía a la imaginación, con imágenes de muebles de madera desvaída de los que un casero deseaba apoderarse extrañamente y un niño pálido con la garganta vendada. Aparté la mirada y traté de no prestar atención. Aun así había algo en la condición física de la mujer, por muy antipática que fuera, que impedía que resultara una bajeza absoluta. Estaba convencida de que, de no haber sido por el tiránico vacío de ese malvado y brillante bolso de piel de cerdo que se sacudía sobre las rodillas temblorosas, la pobre criatura habría optado por la franqueza y la amabilidad. Curiosamente, solo cuando miré a Kitty y observé cómo su brillante y colorida belleza se cernía sobre aquella simple criminal como si fuera una espléndida ave de rapiña y ella su frugal alimento, la escena me pareció degradante.

Pensé que se estaba pasando de lista.

—¿Cómo está herido? —preguntó.

La mujer hizo un dibujo en la alfombra con la punta de su bota redonda.

—No sé cómo decirlo... No está exactamente herido... Le ha estallado un proyectil.

—¿Conmoción cerebral? —sugirió Kitty.

Ella respondió con una extraña ligereza y humildad, como si nos ofreciera un término sobre el que había reflexionado mucho sin llegar a entenderlo, y esperando que nuestras inteligencias superiores hicieran algo al respecto.

—Neurosis de guerra —dijo, y como nuestros rostros no se iluminaron, continuó—: Sea como sea, no está bien.

Volvió a jugar con el bolso. Su cara estaba visiblemente empapada en sudor.

—¿No se encuentra bien? ¿Está gravemente enfermo?

—¡Oh, no! —Era demasiado amable como para irritarnos—. No está gravemente enfermo.

Kitty permitió que se hiciera un silencio brutal. Nuestra visitante no pudo soportarlo y lo rompió con un tono que el nerviosismo convirtió en un gracioso graznido inseguro.

—Está en el hospital Queen Mary de Boulogne.

No dijimos nada, y ella empezó a sonrojarse y a retorcerse en su asiento. Se inclinó hacia delante para buscar su paraguas bajo las patas de la silla. La visión de sus costuras verdes y aquel mango imitación de concha de tortuga hizo que Kitty empezara a hablar:

—¿Cómo sabe usted todo eso?

Nuestra visita la miró a los ojos. Evidentemente era un momento para el que se había preparado y recuperó la respiración.

—Un hombre que solía trabajar como empleado junto a mi marido está en el regimiento del señor Baldry. —Pero su voz graznó aún más lastimosamente cuando suplicó con la mirada—: ¡Déjelo estar! ¡Déjelo estar! Si usted supiera...

—¿Y de qué regimiento se trata? —prosiguió Kitty.

El pobre rostro cetrino brillaba de sudor.

—Nunca se me ocurrió preguntar —dijo.

—Bueno, el nombre de su amigo...

La señora Grey se movió en su asiento de una manera tan repentina y violenta que su bolso de piel de cerdo le cayó del regazo y quedó a mis pies. Supuse que se lo había quitado de encima a propósito porque llevarlo vacío le había provocado esa humillación y que la escena concluiría pronto con unas cuantas lágrimas silenciosas. Esperaba que Kitty la dejara marchar sin abochornarla demasiado y que no le importara que yo le diera algo de dinero.

No tenía duda de que ese extraño y feo episodio, en el que esa mujer se abría paso como un torpe animal hacia un portón que no era lo bastante inteligente como para abrir, se diluiría y quedaría sustituido por alguna combinación más agradable en la que nosotras asumiríamos nuestros papeles; es decir, en la que ella se avergonzaría a causa de nuestra rectitud.

Pero, en vez de eso, gritó: «¡Chris está enfermo!». Fue preciso un instante para medir la descarada insolencia del momento: la asombrosa impertinencia del empleo de su nombre, aquella acusación de insensibilidad que nos lanzó —a nosotras, que fundábamos nuestro honor en nuestra pasión por Chris— por no clamar ante sus falsas noticias, la mirada de indignación descaradamente encendida que nos dirigió, la forma en que alzó la voz para darnos a entender que no comprendía nuestra frialdad e indiferencia. Aparté el bolso con el pie y la odié como los ricos odian a los pobres, como si fueran insectos que luchan por salir entre las grietas de su decente hogar e instauran la fealdad a plena luz del día.

—Es usted una impertinente —dijo Kitty con voz temblorosa y despiadada—. Sé exactamente lo que está haciendo. Ha leído usted en el *Harrow Observer* o en algún otro sitio que mi marido está en el frente y ha venido a contarme esa historia porque cree que va a conseguir algo de dinero. He leído casos parecidos en los periódicos. Olvida que, si le hubiera pasado algo a mi marido, la Oficina de Guerra me habría informado. Considérese afortunada de que no la denuncie a la policía. —Y concluyó gritando un poco—: ¡Váyase, por favor!

—¡Kitty! —suspiré.

Me avergonzaba tanto que el peligro al que Chris estaba expuesto en el frente hubiese provocado una escena así que quise salir al jardín y sentarme junto al estanque hasta que aquella miserable se hubiese ido con su deplorable paraguas, su impresentable abrigo y su pobre estafa frustrada. Pero la señora Grey, que había empezado, entre infantil y pausadamente, «Es usted quien está siendo...» y había desistido, simplemente porque se había dado cuenta de que su instrumento carecía de notas graves y no podía tocar esos acordes que a otros les resultaban tan fáciles, me clavó cierta mirada húmeda, clara y paciente. Es el don de los animales y de los campesinos. Se ve hasta en el más modesto, en el caballo viejo que se asoma desde el establo o en el anciano del asilo, y se clava en el corazón. También esa mujer...

—¡Kitty! —dije en broma, y conseguí recuperarla un poco con aquel tono menor—. Ha habido un error. Tal vez se haya equivocado de nombre. Por favor, cuéntenoslo todo, señora Grey.

La señora Grey hizo un movimiento hacia delante, parecido a una reverencia. Se había inclinado para recuperar su bolso. Cuando se levantó, tenía la cara sonrosada por el esfuerzo y la dignidad chapoteando insegura en un mar de lágrimas a medio derramar.

—Lamento haberla molestado —dijo—. Pero cuando se sabe una cosa así no es de recibo ocultárselo a su esposa. Yo también soy una mujer casada y lo sé. Conocí al señor Baldry hace quince años.

Con voz franca, confesó que se había tomado la libertad porque era «un gran amigo de la familia». Añadió ese detalle para suavizar la burda sorpresa de su anuncio, pero apenas lo logró.

—Nos perdimos de vista. Hace quince años que nos encontramos por última vez. No había vuelto a oír hablar de él ni pensaba que lo haría de nuevo hasta que recibí esto hace una semana.

Abrió el bolso y sacó un telegrama. De repente supe que todo lo que había dicho era cierto y que por eso había estado agarrando el bolso.

—No se encuentra bien. No se encuentra bien —dijo lastimeramente—. Ha perdido la memoria y cree... cree que aún me conoce.

Le pasó el telegrama a Kitty, que lo leyó y se lo puso en las rodillas.

—Vea —dijo la señora Grey—, está dirigido a Margaret Allington, mi nombre de soltera, y llevo diez años casada. Lo envió a mi antiguo hogar, Monkey Island, en Bray. Mi padre tenía una posada allí. Hace quince años que la dejamos. Nunca habría recibido este telegrama si mi marido y yo no hubiéramos ido allí hace tiempo y les hubiéramos dicho a los que ahora la conservan quién era yo.

Kitty dobló el telegrama y dijo en voz baja:

—Esto podría ser verdad.

De nuevo le brillaron los ojos grises. «La gente es grosera —parecía estar diciendo—, pero sin duda no la gente amable como esta mujer.» Se limitó a seguir sentada.

—Este telegrama no dice nada sobre neurosis de guerra —dijo Kitty, como si lo discutiera.

La mujer se derrumbó en una temblorosa timidez.

—También había una carta.

Kitty extendió la mano.

—¡Oh, no! —suspiró—. No puedo hacer eso.

—Debo leerla —dijo Kitty.

Los ojos de la mujer se agrandaron, se puso en pie y se abalanzó torpemente hacia su paraguas, que había vuelto a deslizarse bajo la silla.

—No puedo —exclamó, y corrió hacia la puerta abierta como un perro acosado.

Habría bajado directamente los escalones si no la hubiera detenido un cariñoso pensamiento. Se volvió hacia mí con confianza y tartamudeó:

—Está en el hospital que les he dicho. —Como si, por no haberla agredido directamente, fuera capaz de evitar que la noticia que nos había traído cayera en una hecatombe general de modales, pero la rígida palidez de Kitty le llegó entonces al corazón, y exclamó consoladoramente desde la distancia—: Y les repito que no lo he visto desde hace quince años.

Se dio la vuelta, se puso el sombrero y bajó corriendo los escalones hasta la gravilla.

—No lo entenderán —la oímos sollozar.

Durante un buen rato la vimos recorrer el camino de entrada, con su gabardina amarillenta de aspecto enfermizo y brillante bajo el fuerte sol, sus plumas negras oscilando como los pinos en lo alto, sus botas baratas, que la hacían caminar sobre los talones, una mancha que se extendía sobre el tejido de nuestras vidas. Cuando la ocultó el oscuro grupo de rododendros de la curva, Kitty se dio la vuelta y se dirigió a la chimenea. Apoyó los brazos en la repisa de roble y se refrescó la cara contra los brazos.

Finalmente fui a acompañarla y me dijo:

—¿La crees?

Me sobresalté. Había olvidado ya que en algún momento no la habíamos creído.

—Sí.

—¿Qué puede significar? —Bajó los brazos y me miró implorante—. ¡Piensa, piensa algo que pueda significar y que no sea horrible!

—Es todo un misterio —dije, y añadí con suavidad, porque nadie se había enfadado nunca con Kitty—: Y tú no has ayudado precisamente a resolverlo.

—Oh, ya sé que piensas que he sido grosera —se quejó con petulancia—, pero eres tan lenta que no entiendes lo que significa. O bien significa que está loco..., que nuestro Chris, nuestro maravilloso y cuerdo Chris, está ahora destrozado e ido, que no nos reconoce... No puedo soportar eso. No puede ser cierto. Pero si no lo es... Jenny, en ese telegrama no había nada que dijera que había perdido la memoria. Era puro afecto, un nombre que podría haber sido el de una mascota, cosas que no es normal poner en un telegrama. Es raro que escribiera un mensaje de ese estilo, que no me dijera que la conocía, que conociera a una mujer así. Significa que hay partes de él que desconocemos. Es posible que las cosas estén muy mal. Es un abuso de confianza. Me ofende.

Me horrorizó ese gesto rígido y digno que parecía arrancar el alma de Chris de su cuerpo. Estaba herida, por supuesto, pero hay formas en las que no debería manifestarse el dolor...

—Pero Chris está enfermo —dije.

Me miró fijamente.

—Estás hablando igual que ella.

Lo cierto es que no parecía haber mejores palabras que las que había utilizado la señora Grey.

—Pero está enfermo —repetí.

Ella volvió a apoyar el rostro en los brazos.

—¿Qué importa eso? —dijo—. Si fue capaz de enviar un telegrama así... —Hizo una pausa, suspiró profundamente y prosiguió con ese enfermizo deleite que a veces las personas desdichadas encuentran en la descortesía—. Si fue capaz de enviar un telegrama así es que ya no nos pertenece.

II

Al día siguiente lamenté que el correo llegara demasiado tarde a Harrowweald para que nos lo subieran con el té de la mañana y, en vez de eso, nos estuviera esperando en la mesa del desayuno, porque me tocó abrir, bajo la atenta mirada de Kitty, una carta con el matasellos de Boulogne y redactada con la letra de Frank Baldry, el primo cura de Chris.

«Querida Jenny, siento tener que decirte que el pobre Chris ha quedado discapacitado. Ha sufrido una conmoción provocada por los proyectiles y, aunque no está herido físicamente, se encuentra en un estado muy extraño. El jueves recibí un telegrama suyo en el que me decía que estaba en un hospital a un kilómetro y medio de Boulogne y que quería verme. El telegrama no me lo envió directamente a mí, sino a Ollenshaws, aunque yo me fui del rectorado de Ollenshaws para ir a Pentmouth hace ya casi quince años. Por suerte, Sumpter sigue allí y me lo remitió de inmediato. Partí esa noche y os busqué a ti y a Kitty en el barco, esperando veros, lógicamente. Aunque, como sabes de sobra, no estabais allí. El hospital se encontraba en una escuela de niñas que había ocupado la Cruz Roja. Aquí la Cruz Roja está en todas partes.

»Encontré a Chris en una bonita habitación orientada al sur con otros tres oficiales que parecían muy correctos. Estaba mejor de lo que yo esperaba, pero no parecía el mismo. En primer lugar, me saludó de una manera extrañamente efusiva. Parecía contento de verme y me dijo que no recordaba nada de su conmoción, pero que quería volver a Harrowweald. Dijo cosas sobre el bosque y el estanque superior que parecían sentimentales, aunque no demasiado fuera de lugar. Quería saber si ya habían brotado las margaritas y cuándo se le permitiría viajar, porque sentía que se pondría bien en cuanto pudiera volver a casa. Luego se quedó en silencio durante un minuto, como si estuviera reteniendo algo. Cuando empezó a soltar lo que se estaba guardando, me quedé estupefacto. Trataré de exponerlo, en la medida de lo posible, en el orden en que él lo hizo. Me informó —con los mismos modales de muchacho que podría haber utilizado hace quince años— de que estaba enamorado de una chica llamada Margaret Allington, hija del hombre que regenta la posada de Monkey Island en Bray, en el Támesis. Me quedé boquiabierto: "¿Desde cuándo ocurre eso?", pregunté. Él se rio de mi sorpresa y dijo: "Desde que estuve con el tío Ambrose en Dorney después de obtener mi título". ¡De eso hacía quince años! Yo seguía mirándolo, incapaz de creer aquella descarada confesión de un engaño perpetrado durante tanto tiempo, cuando prosiguió diciendo que, aunque él ya había telegrafiado a la chica y ella le había devuelto el mensaje, no había dicho nada de ir a verlo. "Me he enterado —dijo con toda frialdad— de que el viejo Allington ha tenido una mala temporada (¡oh, estoy bastante al tanto del negocio de la hostelería últimamente!), y creo que es muy posible que sea la falta de fondos lo que la mantiene alejada. He perdido mi talonario en algún sitio en la ciudad, así que me pregunto si podrías enviarle algo de dinero. O, mejor aún, dado que es una chica de campo bastante tímida, podrías ir a buscarla."

»Me lo quedé mirando. "Chris —le dije—, sé que la guerra está generando que algunos de nosotros seamos muy laxos y no encontrarás a nadie más abierto de mente que yo, pero para todo hay un límite. Cuando se trata de pedirme que vaya a Inglaterra a buscar a una mujer..." Me interrumpió con un gesto de fastidio y dijo que los párrocos seguimos viviendo en el siglo XVIII y que tenemos la imaginación tomada por historias de hijos de terratenientes que seducen a las mozas del campo; luego declaró que tenía la intención de casarse con esa Margaret Allington. "Oh, por supuesto —dije—. ¿Y puedo preguntar qué dice Kitty de ese acuerdo?" "¿Quién diablos es Kitty?", preguntó sin comprender. "Kitty es tu esposa", respondí en voz baja pero con firmeza. Él se incorporó de inmediato y exclamó: "¡Yo no tengo esposa! ¿Ha aparecido alguna señora con el cuento de que es mi esposa? ¡Porque sería una maldita mentira!".

»Decidí zanjar el asunto con un agudo manejo del sentido común. "Chris —le dije—, es evidente que has perdido la memoria. Te casaste con Kitty Ellis en St. George, Hanover Square, el 3, o puede que el 4 —ya conoces mi pésima memoria para las fechas— de febrero de 1906." Él se puso muy pálido y preguntó en qué año estábamos. "1916", le dije. Volvió a desmayarse. La enfermera vino y dijo que esa vez la había hecho buena, al menos parecía saber que había que despertarlo con brusquedad, pero el médico (un hombre muy agradable, de Winchester and New) me dijo que no había tenido noticia de los delirios de Chris.

»Una hora más tarde me llamaron a la habitación. Chris se estaba mirando en un espejo de mano que tiró al suelo en cuanto entré. "Tienes razón —dijo—. No tengo veintiún años, sino treinta y seis." Dijo que se sentía solo y asustado, y que debía llevarle a Margaret Allington de inmediato o se moriría. De repente dejó de delirar y preguntó: "¿Padre está bien?". Yo pedí ayuda al Señor y le contesté: "Tu padre pasó a mejor vida hace doce años". Él respondió: "Dios, ¿no puedes decir que murió sin más?", y luego se dio la vuelta y se acostó de espaldas a mí. Nunca antes había visto llorar a un hombre hecho y derecho, y la verdad es que es un espectáculo espantoso. Gimió mucho y empezó a llamar a la tal Margaret. Luego se dio la vuelta de nuevo y dijo: "Ahora cuéntamelo todo sobre esa Kitty con la que me he casado". Le dije que era una hermosa mujercita y mencioné que tenía una encantadora y culta voz de soprano. Me respondió muy díscolo: "No me gustan las mujeres pequeñas y detesto a todas las personas, hombres o mujeres, que cantan. Oh, Dios, no me gusta esa Kitty. Llévatela". Y comenzó a delirar de nuevo sobre esa mujer. Dijo que su cuerpo y su alma se consumían de deseo por ella y que no descansaría hasta tenerla de nuevo entre sus brazos. No sospechaba que la naturaleza de Chris tuviera esa faceta, y fue casi un alivio cuando volvió a desmayarse.

»He estado con él desde entonces y ya es de noche. He tenido también una larga conversación con el médico, que dice estar convencido de que Chris sufre una pérdida de memoria que abarca un periodo de quince años. Afirma que, aunque por supuesto será una gran prueba para todos nosotros, cree que, en vista de la añoranza que Chris ha manifestado por Harrowweald, debería volver a casa, y me aconseja que haga todos los preparativos para traerlo de vuelta la semana que viene. Espero que me apoyes en esta difícil empresa.

»Mientras tanto, te dejo a ti la tarea de preparar a Kitty para esa terrible conmoción. Tú sabrás mejor que yo cómo hacerlo. Desearía ahorrarle la experiencia, pero como él volverá y seguramente se acabará poniendo de manifiesto que la ha olvidado por completo —porque estoy convencido de que no hay ninguna farsa en el asunto, sino una verdadera laguna en su memoria—, es preciso que ella lo entienda. Espero que sea fuerte en el tiempo de tribulaciones que tiene por delante y, si puedo serle de alguna ayuda, estaré más que contento de ofrecérsela. Dime si debo ir ahora o en cualquier momento para charlar con ella o para cuidarlo a él, en la medida de lo posible. Ya sabes lo mucho que he querido siempre al pobre Chris.

»Eternamente tuyo,

FRANK.»

Kitty murmuró por encima de mi hombro:

—Siempre fingió que le gustaba mi forma de cantar... —Y luego me agarró del brazo y gritó con una furia posesiva—: ¡Tráelo a casa! ¡Tráelo a casa!

Y así fue cómo, una semana después, llegó Chris.

Desde el desayuno de aquel día, la casa estaba impregnada de un sentimiento de víspera de funeral, pero cumplimos con todos los deberes propios de la ocasión, no se podía hacer otra cosa. Se esperaba que Chris llegara a la una, pero recibimos un telegrama que decía que se retrasaría hasta el final de la tarde. Por eso Kitty, cuya belleza resultaba en el dolor tan transformada de su aspecto habitual como una rosa a la luz de la luna es diferente de una rosa durante el día, me llevó a los invernaderos después de comer y mantuvo una conversación muy inteligente sobre las verduras de temporada con Pipe, el jardinero. Después, me tiró de la manga, volvimos a la casa y nos encontramos con un gran trecho de tarde aún por recorrer. Así que Kitty fue al salón y llenó la casa con la desolada alegría de una pianola tocada sin mucha atención, mientras que yo me sentaba en el vestíbulo a escribir cartas pensando en lo triste que sonaba la música de baile desde que había empezado la guerra. Luego hubo una salvaje redada de eficiencia doméstica en la que hizo llorar a las criadas porque los tiradores de latón de los muebles no estaban lo bastante brillantes y porque el riesgo de romperse una pierna en el parqué era solo de diez a uno y no de cien a uno. Después tomó el té y aborreció el pastel de soda. Cuando por fin apareció el enorme coche subiendo por el camino en medio del crepúsculo, Kitty estaba un poco encogida, acurrucada en el sillón más alejado de la luz.

Nos pusimos de pie. Entre el ruido de los motores llegó el sonido del vozarrón masculino de Chris, que siempre tenía una nota parecida al ladrido de un perro grande.

—Gracias, puedo arreglármelas solo...

Oí, maravillada, porque había sentido su ausencia como una especie de muerte de la que surgiría impalpable como un fantasma, el fuerte sonido de sus pasos sobre la piedra. Y entonces apareció en la puerta. La oscuridad difuminaba su contorno como si fuera un abrigo de piel, y la tenue y clara luz de las velas iluminó la belleza de su rostro. No me vio a mí, con mi vestido oscuro, ni a Kitty, acurrucada. Con la sonrisa somnolienta de quien vuelve a un lugar querido y familiar para descansar, entró en el salón y dejó el bastón y la gorra caqui junto al candelabro de la mesa de roble. Palpó con ambas manos la vieja madera y se quedó tarareando alegremente entre dientes.

Yo solté una exclamación, porque había visto que su pelo era ahora de tres colores: marrón, dorado y plateado, y con un rápido giro de cabeza me encontró entre las sombras.

—Hola, Jenny —dijo, y me cogió las manos.

—Chris, me alegro mucho —tartamudeé, pero no pude añadir nada más por la vergüenza que me dio tener treinta y cinco años en vez de veinte.

Sus ojos se habían endurecido en medio de la bienvenida, como si confiase en que al menos yo no participaría en esa conspiración que pretendía negarle su juventud, y dijo:

—He dejado a Frank en la ciudad. Mi humor es de tipo convaleciente.

Podría haber dicho: «He dejado a Frank, que ha envejecido, como tú...».

—Chris —continué—, es tan maravilloso que estés a salvo...

—A salvo —repitió.

Suspiró hondo y siguió sosteniéndome las manos. Hubo un susurro en las sombras y me soltó.

El rostro que lo miraba desde la penumbra estaba muy pálido, el labio superior alzado sobre los dientes en una mueca de angustia. De inmediato quedó tan claro como si lo hubiera gritado que aquella triste máscara no significaba nada para él. Sabía, no porque la memoria le hubiera permitido conocer mejor el corazón de esa mujer, sino porque había en él una bondad instintiva que lo hacía sabio ante cualquier sufrimiento, que le haría daño si le preguntaba si era su esposa, pero su cuerpo inició involuntariamente un gesto de consulta antes de darse cuenta de que eso también le haría daño, y lo contuvo a medio formular. Entonces, en silencio, se quedó frente a ella levemente encorvado, como si lo hubieran mutilado.

—Soy tu esposa.

Había una ira débil y lastimosa en aquellas palabras.

—Kitty —dijo él, suave y amablemente.

Miró a su alrededor en busca de algo agradable que hiciera la escena menos hiriente y se inclinó para besarla. Pero no pudo. La idea de otra mujer le impedía respirar y le agitaba la sangre bajo la piel.

Con una sacudida, como una niña que dice: «Bueno, si tú no quieres, yo no lo haré por nada del mundo», Kitty se apartó de la caricia en suspenso. Él la observó retirarse hacia las sombras como si fuera un símbolo de esa nueva vida en la que se sentía desconcertado y oprimido, hasta que la oscuridad del exterior se llenó de ese sonido como de oleaje que siempre se oye en Harrowweald en las tardes de viento. Su mirada se volvió distante y sus labios sonrieron.

—Cómo se oyen los pinos aquí arriba..., en este viejo lugar...

Ella exclamó desde el otro extremo de la habitación, como si hablara con alguien tras una puerta cerrada:

—He pedido la cena a las siete. He pensado que seguramente te habrías perdido una o dos comidas. O que querrías irte a la cama temprano.

Lo dijo con mucha elegancia, con la cabeza ladeada como un pájaro, como si suplicara que la encontrara muy inteligente por haber pedido la cena y pensar en su comodidad.

—Muy bien —dijo él—. Mejor me visto ahora, ¿no?

Miró hacia la escalera y habría subido directamente si yo no lo hubiera retenido. Y es que la pequeña habitación del ala sur, el cuarto con las cañas de pescar y los viejos libros, había quedado absorbida en la reconstrucción de la casa por la magnificencia en blanco y negro del dormitorio de Kitty.

—¡Oh, yo te llevo arriba! —exclamó ella con eficacia.

Y tiró de la manga de su abrigo, de modo que empezaron a acompasarse en el escalón más bajo. Pero a medida que subían, la sensación de separación la golpeó de nuevo y alzó los brazos como si luchara a través de una niebla, y se quedó atrás. Cuando él llegó a lo alto, ella estaba de pie a mitad de la escalera, con las manos unidas bajo la barbilla. Pero él no la vio. Miró hacia el pasillo y dijo:

—La casa es diferente.

Si el alma tuviera que permanecer en su ataúd hasta que se quebrara el metal, hablaría en su confinamiento con una voz parecida.

Ella se animó con una risa galante.

—Cómo te has olvidado —exclamó, y corrió hacia él, haciendo sonar las llaves y con un aspecto grave de ama de casa.

Yo me quedé a solas rodeada de penumbra y objetos familiares. El crepúsculo llegaba húmedo y fresco desde el jardín, como si quisiera apagar el fuego de la confusión encendido en nuestra chimenea. Los muebles, bien visibles a través de la suave opacidad vespertina con el brillo vigilante de la vieja madera bien pulida, parecían terriblemente conscientes. La extrañeza había entrado en la casa y todo estaba horrorizado por ella, hasta el tiempo mismo. Los instantes se prolongaban. Me pareció, media hora más tarde, que había estado de pie durante un periodo infinito en el salón, recordando que en los viejos tiempos las persianas nunca se bajaban en esa habitación porque a la vieja señora Baldry le gustaba ver cómo la noche se acumulaba como un charco en el valle mientras el día permanecía como una raya blanca sobre las colinas más lejanas; ahora yo sentía con dolor cómo las pesadas persianas azules que cubrían las nueve ventanas —porque a veces un zepelín perdido cruzaba como un esqueleto el cielo sobre nosotras— debían de hacer que su casa le pareciera aún más una prisión.

Empecé a decirle a Kitty lo que pensaba cuando regresó, pero ella pasó delante de mí ensimismada en sus preocupaciones y me callé cuando vi que iba vestida como una novia en todos los sentidos. Había cortado el vestido que había llevado el día de su boda, diez años atrás, y lo había bordado con satén blanco, y llevaba el pelo recogido en el cuello, igual que entonces. Las perlas le rodeaban la garganta, y se había puesto su cadena más larga de diamantes que caía, con un brillo cruel, sobre sus senos blancos y pequeños. Como llevaba unos bordados a la altura del pecho, vi que tenía la mano derecha llena de anillos y la izquierda desnuda, salvo por la alianza de boda. Dejó su carga de franela sobre una mesa de trabajo y se sentó, alisando la falda, en un sillón junto al fuego. Con el labio inferior levantado, como si estudiara un menú, bajó la cabeza y se contempló a sí misma. Frunció el ceño al ver que los reflejos sobre el satén eran color escarlata a causa del fuego y que su carne resplandecía como una rosa, y cambió de asiento a una silla de respaldo alto bajo el candelabro más lejano. Había unas cortinas verdes cerca y los reflejos de su vestido de raso se volvieron verdes como hielo resquebrajado. Parecía fría como la luz de la luna, como la virginidad, pero estaba preciosa; la luz de las velas convertía su pelo en oro puro y brillante. Y así fue cómo lo esperó.

De repente sonó un golpe en la puerta. Oímos maldecir a Chris mientras se ponía en pie a trompicones y a uno de los criados ayudarlo amablemente. Kitty frunció el ceño, pues odiaba la falta de prestancia, y para ella un fallo relacionado con el equilibrio corporal era la peor indignidad que se podía concebir.

—Se ha caído por esos tres escalones del vestíbulo —susurré—. Como son nuevos...

Ella no me escuchó, estaba ocupada en controlar su rostro para que estuviera en armonía con la apariencia de serena virginidad sobre la que se encendería su mirada cuando entrara en la habitación.

La caída lo había despeinado y lo hizo parecer corpulento y enrojecido. Respiraba con dificultad, como un animal perseguido en un extraño lugar en plena noche, pero la visión de Kitty con su cara, sus manos y su pecho brillando como la nieve, su vestido y su pelo dorado coronándola con un resplandor junto al fuego blanco de sus joyas dando pasión al espectáculo, fue como un profundo refresco. Ella se quedó quieta un rato, para que él pudiera apreciarlo todo bien. Luego alzó hasta los collares su mano repleta de anillos.

—Es tan extraño que no te acuerdes de mí —dijo—. Tú me regalaste todo esto.

Él respondió amablemente:

—Y me alegro de haberlo hecho. Estás muy guapa.

Pero mientras hablaba, su mirada se desvió hacia las sombras de las esquinas de la habitación. Pensaba en otra mujer, en otra belleza.

Kitty alzó las manos como si quisiera defender sus joyas.

En ese silencio se anunció la cena y pasamos al comedor. En Baldry Court es costumbre no utilizar luz eléctrica y comer y hablar a la suave claridad de las velas, salvo cuando hay que trabajar o entretener a una gran comitiva. Aquella noche la costumbre fue amable, pues nos sentamos alrededor de la mesa con los rostros velados por la sombra y parecíamos escuchar con silenciosa satisfacción la conversación de aquel hombre que había regresado a nuestro lado. Aun así, me pasé toda la comida a punto de llorar porque, cada vez que creía no ser observado, Chris buscaba las cosas que le resultaban familiares. Bajando la cabeza, miraba de reojo el viejo revestimiento de roble y las cosas más cercanas las tocaba como si la vista no fuera un contacto lo bastante íntimo; acariciaba con la mano el apoyabrazos de su silla, porque recordaba su negro resplandor, se acercaba y tocaba el salero de su recuerdo. Era su aire furtivo lo que resultaba desgarrador, como si él fuera un paria y nosotras, que lo queríamos, unos robustos policías. ¿Tan elegante era aquel Baldry Court que los infelices se sentían allí como delincuentes? Entonces todas habríamos vivido a disgusto y él también. Mientras sus dedos se deslizaban por aquí y por allá, hablaba con valentía de cosas sin importancia: de los ponis a los que nos habían subido cuando a los cinco años nos llevaron por primera vez a cazar, de cómo habíamos bromeado para que nos dejaran tener cisnes en el estanque que había sobre el bosque y cómo los picos amarillos de nuestras supuestas mascotas nos habían hecho regresar corriendo a casa, de toda esa querida vida que hace que la anodina campiña inglesa esté tan secretamente llena de aventuras.

—Es curioso —dijo—, durante todo el tiempo que pasé en Boulogne tenía ganas de ver un martín pescador, ese azul bajando por un arroyo. O el vuelo de una garza sobre un sauce. —Se detuvo de pronto, inclinó la cabeza sobre el pecho—. Aquí no hay garzas, por supuesto —añadió con tristeza, y volvió a tocar el reposabrazos de su silla. Luego alzó la cabeza con brío, cambiando de tema—: ¿Siguen teniendo problemas con los zorros en Steppy End?

Kitty negó con la cabeza.

—No lo sé...

—Griffiths seguro que lo sabe —dijo Chris alegremente, y se giró sobre su asiento para preguntarle al mayordomo, pero el hombre al que se encontró era flaco, mientras que Griffiths había sido robusto, sombrío mientras que Griffiths había sido alegre, desconocido mientras que Griffiths había sido parte de su hogar, de su vida. Se dejó caer hacia atrás en la silla como si se le hubiera parado el corazón.

Cuando el mayordomo que no era Griffiths salió de la sala, preguntó bruscamente:

—Sé que es una estupidez, pero ¿dónde está Griffiths?

—Murió hace siete años —dijo Kitty con la mirada fija en su plato.

Chris suspiró profundamente con un estremecimiento de horror.

—Lo siento mucho. Era un buen hombre.

Me aclaré la garganta.

—La gente es nueva, Chris, pero te quieren como los de siempre.

Se forzó a sonreírnos a las dos, intentando una respuesta alegre.

—¡Como si no lo supiera después de esta noche!

Pero no lo sabía. Ni siquiera confiaba en mí, porque la que había sido su amiga era Jenny, la niña; no Jenny, la mujer. Todos los habitantes de ese nuevo lapso temporal eran sus enemigos; todas sus cualidades, los barrotes de su prisión. Había cierta suspicacia en el gesto con el que, cuando volvimos al salón, tocó la franela sobre la mesa de trabajo.

—¿De quién es esto? —dijo con curiosidad.

Su madre había sido una mujer dura de pelar, nunca se le había dado bien la costura.

—Ropa para uno de los campesinos —contestó Kitty sin aliento—. Tenemos muchas responsabilidades, tú y yo. Con toda la tierra que compraste, hay mucha gente a la que cuidar...

Él sacudió los hombros con incomodidad, como si estuviera bajo un yugo, y después de beberse el café subió una de las persianas y salió a caminar por el paseo marcado bajo las ventanas. Kitty se acurrucó despreocupadamente junto al fuego y se tapó la cara con las manos, sin darse cuenta de que, con el brillo rojizo, ya no parecía tan virginal ni tan novia, aunque creo que estaba demasiado distraída como para planear nada. Yo me acerqué al piano. En aquella velada de frases entrecortadas —porque haberlas dicho completas solo habría implicado más dolor—, en aquella velada de vida cotidiana disuelta en lágrimas, los acordes de Beethoven sonaron con serenidad.

—Típico de ti, Jenny —dijo Kitty de pronto—, ponerte a tocar a Beethoven cuando es la guerra la que ha provocado todo esto. Casi podría haber adivinado que ibas a tocar música alemana, precisamente esta noche.

Empecé a tocar entonces una zarabanda de Purcell, una cosa alegre que hacía pensar en una mujer regordeta y saludable bailando en un suelo de arena en alguna vieja posada rodeada de barriles de buena cerveza en un mundo de sol y callejones primaverales. Mientras tocaba me preguntaba si las cosas habían sido así cuando Purcell escribió esa música repleta solo de risas y deseos y satisfacciones simples o, en el peor de los casos, lamentos de amor no correspondido. ¿Por qué la vida moderna nos había traído esos horrores que hacían que las viejas tragedias parecieran poco más que un espectáculo infantil? Tal vez la audacia de algunos hombres había cambiado demasiado el mundo exterior, el único capaz de generar vida. Ya ni las ciudades ni los árboles ni las flores eran como antes; las florecillas de hojas blancas en el amplio abanico de prado que dejaba ver la ventana que Chris acababa de abrir debían de atravesar el césped de los acantilados mediterráneos; el alerce dorado de más allá debía de proyectar su alargada sombra sobre los pequeños hombres de tez amarilla que cruzaban una llanura en China. Y el cielo también era diferente. Tras la cabeza de Chris, cuando se detuvo frente a la ventana abierta, un reflector giraba en todas direcciones en plena noche, como si alguien blandiera una espada entre las estrellas.

—Kitty.

—¿Sí, Chris?

Ella era dulce, obediente y atenta.

—Sé que esto te parecerá un cruel insulto. —A su espalda, el reflector giraba mientras él se sujetaba a los lados de la ventana—. Pero si no veo a Margaret Allington me moriré.

Ella alzó las manos hacia sus joyas y presionó los fríos globos de sus perlas contra la carne.

—Vive cerca de aquí —dijo con calma—. Mañana enviaré el coche en su busca. Podrás verla todo lo que quieras.

Él dejó caer los brazos.

—Gracias —murmuró—. Estáis siendo muy amables...

Y se desvaneció en la oscuridad.

Me asombró el hermoso gesto de Kitty, y más aún descubrir que le había afeado el rostro. Sus ojos brillaron al encontrarse con los míos.

—Ese espantapájaros —dijo manteniendo la voz baja para que él no la oyera mientras pasaba de un lado a otro de la ventana—. ¡Ese espantapájaros!

Aquel súbito abandono de la belleza y la amabilidad implicaba tanto en alguien como nuestra Kitty, cuya ley de vida era la elegancia, que me acerqué a ella y le di un beso.

—Querida, te estás tomando las cosas de una forma equivocada —le dije—. Chris está enfermo...

—Está lo bastante bien como para acordarse de ella —contestó de manera irrefutable. Su zapato plateado golpeó el suelo y frunció los labios durante unos instantes—. Al fin y al cabo, supongo que puedo encajarlo. Otras mujeres lo hacen. Teddy Rex mantiene a una chica del Gaiety y la señora Rex tiene que sonreír y aguantarse.

Se encogió de hombros en respuesta a mi silencio.

—¿Qué otra cosa te crees que es? Significa que Chris es un hombre como cualquier otro. Pero yo pensaba que las mujeres malas eran bonitas. Supongo que se ha relacionado tanto con las bonitas que le apetece una vulgar para cambiar de aires...

—¡Kitty! Kitty, ¿cómo te atreves?

Pero su boquita rosada seguía fabricando malicia:

—Todo esto no es más que una farsa —dijo al final de una frase imperdonable—. Está fingiendo...

Yo ya no sabía qué decir a esas alturas, pues había sentido la agonía de Chris toda la noche como si fuera una herida en mi propio cuerpo y ya no me importaba lo que tuviera que hacer para detenerla. Agarré sus pequeños hombros con mis grandes manos y la sacudí hasta que sonaron las joyas y ella me arañó los dedos y trató de respirar. Pero no me importó mientras se mantuviera en silencio.

Chris intervino desde la oscuridad.

—¡Jenny!

La solté. Entró y se paró frente a nosotras, pasándose la mano por el pelo con desgana.

—Seamos honestos entre nosotros —dijo con energía—. Todo esto es muy confuso y demasiado terrible...

Kitty se revolvió pulcramente y se puso de pie.

—¿Por qué no dices: «Jenny, no hay que ser grosera con las visitas»? Es lo que sientes, lo sé. —Recogió su labor de costura—. Me voy a la cama. Ha sido una noche espantosa.

Lo dijo de una forma tan patética, como una niña que no ha disfrutado de una fiesta tanto como esperaba, que los dos sentimos ternura por ella cuando salió de la habitación. Nos sonreímos con tristeza al sentarnos junto al fuego, y percibí que, tal vez porque estaba sonrojada y parecía más joven, se sentía más cercano a mí de lo que lo había hecho desde su regreso. De hecho, en el cálido y amistoso silencio que siguió, se comportó como un paciente tras la partida de una visita agotadora cuando se queda a solas con su enfermera de confianza; sonrió bajo los párpados caídos y luego me hizo el gran cumplido de la indiferencia. Sus miembros se relajaron y se hundió en la silla. Lo observé atentamente, estaba justo en ese instante en que el pensamiento se filtra en la somnolencia, su rostro empezó a crisparse.

—¿No la recuerdas en absoluto? —pregunté.

—Oh, sí —dijo sin levantar los párpados—. En cierto modo, sí. Sé cómo se inclina cuando te la encuentras por la calle, cómo se viste cuando va a la iglesia. La conozco como se conoce a una mujer que se aloja en el mismo hotel que tú. Eso es todo.

—Es una pena que no puedas recordar a Kitty. Ha sido para ti todo lo que debe ser una esposa.

Se inclinó hacia delante, calentándose las palmas de las manos en la hoguera y encorvando los hombros como si hubiera una corriente de aire. Su silencio me obligó a mirarlo y encontré sus ojos sobre mí, fríos, incrédulos y asustados.

—Jenny, ¿es eso cierto?

—¿Que Kitty ha sido una buena esposa?

—Que Kitty sea mi esposa. Que yo sea viejo. Que... —Hizo un gesto con la mano hacia la habitación tan llena de cambios—. Todo esto.

—Todo es cierto. Ella es tu esposa y este lugar ha cambiado, y es mejor y más alegre en todos los sentidos, créeme, y han pasado quince años. ¿No ves, Chris, que he envejecido? —Mi vanidad apenas podía soportar su lenta mirada, pero mantuve los dedos apretados en el regazo—. ¿No te das cuenta?

Se volvió con un murmullo de asentimiento, pero vi que en lo más profundo de su espíritu seguía incrédulo, que no se dejaba conmover por ninguna prueba material.

—Dime qué te parece real —le pedí—. Chris, sé un compañero, nunca lo contaré.

—Mmm —dijo.

Tenía los codos apoyados en las rodillas y las manos acariciaban su espeso pelo despeinado. No podía verle la cara, pero sabía que tenía la piel enrojecida y que sus ojos grises estaban húmedos y brillantes. Entonces, de repente, alzó la barbilla y se rio como un nadador feliz que atraviesa una ola que lo ha arrastrado hasta la costa. Brilló con un resplandor que iluminó ese instante y yo sentí que mi sangre se estremecía y empecé a frotarme las manos y a reírme también.

—Monkey Island es real. Pero tú no conoces ese viejo lugar. Deja que te cuente...

He vivido tanto tiempo con la historia que me contó que ya no recuerdo sus tímidas frases. Pero es así como imaginé su encuentro con el amor en su isla secreta. Creo que es cierto.

III

Desde las puertas de la casa del tío Ambrose se tomaba el sendero que cruzaba el prado donde pastaban las vacas de Whiston y se atravesaba el segundo paso, el que se encuentra entre los dos grandes alisos, para llegar a un largo camino recto que recorría muy tortuoso el valle del Támesis, por la planicie, hasta Bray. Tras un kilómetro y medio más o menos, se bifurcaba un camino privado que seguía una línea de nobles álamos que llevaba al porche pretenciosamente sencillo de una cabaña arreglada llamada «La Choza». Se pasaba por allí y se llegaba a un grupo de dependencias que daban —de una manera que parecía imposible que pudieran hacerlo los ladrillos, la madera y el yeso— la impresión de estar amontonadas. Había un cobertizo que filtraba la lluvia a través de sus tejas musgosas y tenía un tablero que decía GARAJE, un invernadero con una vid retorcida y estropeada, toda una colección de tablones doblados sobre cierta máquina agrícola, tres barriles de cemento y una pajarera vacía y oxidada. «El padre de Margaret —dijo Chris— los había comprado en las rebajas.» Tras ellos avanzaban los álamos, alzando sus fuertes aunque temblorosas agujas plateadas a cada lado de la pendiente de grava que bajaba hacia el ferri, y entre dos de ellos —lo describió meticulosamente, como si tuviera una inmensa importancia— se alzaba un espino blanco. Enfrente se veían las aguas vidriosas color verde oscuro de un remanso poco visitado y, más allá, un césped brillante con muchos nogales y unos cuantos castaños grandes, bien iluminados con sus flores como candelas, y a la izquierda, una casa blanca y baja con una cúpula verde que se elevaba en el centro y una galería cuyo techo de hierro martillado había adquirido un color verde por el paso del tiempo y el clima del Támesis. Era la posada de Monkey Island. Había sido una «locura» del tercer duque de Marlborough, que la había hecho construir. Situada allí, separada por tan solo una línea de nogales y una franja de césped del Támesis rápido y brillante, tenía la elegancia y la insensatez propias del siglo XVIII.

Pues bien, uno hacía sonar la campana que colgaba de un poste y al instante salía Margaret del porche vestida de blanco y descendía hacia los escalones de piedra que llevaban al río. Invariablemente, al pasar por el nogal que dominaba el camino, cogía una hoja, la aplastaba y olía su dulce aroma, y cuando se acercaba a los escalones, se cubría los ojos con la mano a modo de visera y echaba un vistazo al agua. «Es un poco miope; no te imaginas la dulzura que eso le da.» (Yo no le dije que la había visto, porque lo cierto es que a esa Margaret no la había visto nunca.) Una súbita y serena gravedad indicaba que te había divisado, y se subía a la pequeña batea que se usaba como transbordador y la acercaba muy lentamente, con movimientos más bien rígidos de sus largos brazos, hasta el lugar exacto. Cuando conseguía colocar la batea sobre la grava, su semblante serio se relajaba y te sonreía, te daba la mano y decía algo amable, del tipo: «Papá pensó que vendría esta tarde, porque hace tan buen tiempo, así que ha guardado algunos huevos de pato para el té». Y entonces era uno quien le quitaba el varal y la llevaba de vuelta hacia la isla, aunque lo más probable es que aún tardara un buen rato en subir los escalones. Era tan agradable sentarse en la batea junto al embarcadero mientras Margaret mojaba las manos en las aguas negras y olvidaba su timidez mientras uno hablaba... «Es tan buena compañía... Tiene una mente certera que podría haberla convertido en una buena ingeniera, pero cuando comprende las cosas les da una especie de abrazo maternal. Es la caridad y el amor mismo.» (Una vez más, no le dije que la había visto.) Si llegaba gente a tomar el té había que charlar con ella en la cocina, mientras cortaba el pan y la mantequilla y los sándwiches, pero ese año de inundaciones había habido muy pocos visitantes que se animaran a remontar a remo la franja de río tras la esclusa de Bray. Así que, por lo general, uno se sentaba allí en la batea, charlando ociosamente, como si tuviera toda la vida para esa conversación, observando cómo las ondas del agua creaban unos reflejos brillantes y temblorosos en su garganta y también otros efectos del paisaje en su belleza, hasta que la tarde se volvía soñolienta y ella decía: «Papá querrá su té». Y subían y encontraban al viejo Allington, con sus pantalones blancos, de pie en la franja de césped crecido y pasto para las vacas al otro extremo de la isla, cuidando de sus aves de corral y sus conejos. Era un hombrecillo con un mechón de pelo cobrizo que le caía en mitad de la frente como un rizo de payaso y estrechaba la mano con fuerza dejando inmediatamente claro que era un diamante en bruto. Luego todos tomaban el té bajo el nogal, donde se colgaba la jaula del canario, y se sacaban los huevos de pato, y el señor Allington comentaba muchos chismes del Támesis: cómo un cisne le había destrozado la espalda al esclusero de Teddington, lo locos que se volvían los cisnes en mayo, y cómo iban a perder la licencia en el Dovetail Arms si no tenían cuidado, y cómo el hombre que regentaba la posada junto a Surly Hall se quería morir, porque después de haber estado maldiciendo a su hija durante dos días por haberse escapado con un soldado del cuartel de Windsor, se había encontrado de pronto su rostro inerte entre unos juncos del río, justo debajo del agujero de la valla del jardín. Y Margaret se sentaba en silencio, con los ojos pasmados ante las cosas del mundo, y tímida a causa de Chris.

Allí se quedaban sentados en aquel luminoso césped hasta que el día se teñía de un azul vespertino, y el señor Allington se veía obligado cada vez con más frecuencia a saltar a la batea para perseguir a sus patos, que de pronto emprendían viaje a Bray Lock, o a arrastrarse entre la maleza en busca de unos conejos igualmente desmoralizados por el crepúsculo. Y entonces Chris decía que tenía que marcharse y guardaban un silencio religioso mientras la cordial voz del señor Allington, desde la mitad de la corriente o bajo las ramas de los alisos, hacía a gritos una desatendida invitación a quedarse a cenar algo. En esa licuación de colores que se produce en las tardes de verano, cuando la hierba verde parece un fluido precioso que se derrama sobre la tierra y gotea hasta el río, y las flores del castaño ya no parecen orgullosas, solo luces blancas y mojadas en la masa húmeda del árbol, cuando la tierra marrón parece solo un poco más densa que el agua, Margaret también se diluía. Chris contó esa parte de su historia a trompicones, pero como yo también he observado a personas a las que quería en el atardecer, sé a lo que se refería. Mientras ella se sentaba en la batea y él se transportaba hasta el otro lado ya no se apreciaba que su cabello rubio se rizaba con displicencia y que su raya, más bien errante, estaba un poco ladeada, que sus cejas rectas, un poco más oscuras que su cabello, estaban casi contraídas en un ceño de concienzuda especulación, que su boca y su barbilla eran nobles y a la vez delicadas como las flores o que sus hombros estaban levemente encorvados porque a su joven cuerpo, como el tallo de un lirio, le resultaba difícil manejar su propia altura. Entonces era tan solo una muchacha vestida de blanco que alzaba un rostro blanco o bajaba una cabeza dorada y apagada. Y así la sentía más cerca de él que en cualquier otro momento. El hecho de que siguiera amándola en esa penumbra que oscurecía todos los detalles físicos que le gustaban tanto le parecía una prueba de que el suyo era un amor inmutable que perduraría aunque ella fuera vieja o estuviera mutilada o desfigurada. Luego se quedaba de pie junto al disparatado poste donde colgaba la campana y observaba cómo aquella figura blanca regresaba en la batea sobre las aguas negras, subía los escalones grises y se contagiaba de su grisura para convertirse después en una sombra verde en medio de la verde oscuridad del césped oscurecido por el follaje, y él se alegraba en esa confirmación.

Había olvidado cuánto se había prolongado todo aquello, pero continuó durante algún tiempo antes de que llegara el final de su vida, el último día que podía recordar. Ese día no me lo contó. Sus labios me hablaron de su aspecto físico, pero traté de deducir la verdadera historia de sus ojos húmedos y brillantes, de su piel enrojecida, aquellos hermosos indicios de una noble excitación. Al parecer, el día en que fue en bicicleta a Monkey Island, feliz porque el tío Ambrose había ido a la ciudad y él podía quedarse a cenar con los Allington, fue el día más glorioso que le deparó el año. El mundo entero parecía disolverse en la luz. Los cúmulos de nubes flotaban muy alto, como trozos de luz blanca sobre un cielo profundo y brillante, y dejaban caer reflejos deslumbrantes sobre el radiante Támesis. Los árboles no se movían como maderos sacudidos por el viento, sino que flotaban como juncos en el fondo de un pozo de sol. Cuando Margaret salió del porche y se detuvo, como hacía siempre, para aplastar y oler la hoja de nogal y cubrirse los ojos con la mano, su vestido blanco brilló como la plata.

Llevó la batea y dijo muy primorosamente: «A papá le dará pena, ha ido a la ciudad por negocios», y él contestó con gravedad: «Es muy amable de tu parte», le quitó el varal de la batea y dijo riendo: «No importa. Vendré de todos modos». (Los veía mientras Chris hablaba, tan jóvenes y pálidos y solemnes, con toda esa intensa luz a su alrededor.) Esa tarde no se sentaron en la batea junto al embarcadero, sino que pasearon por la isla y jugaron con los conejos y cuidaron los patos, y guardaron un silencio desmesurado. Durante un buen rato se quedaron en la franja de hierba áspera del otro lado de la isla y a Margaret la hizo suspirar de satisfacción lo hermoso que estaba el Támesis. Más allá de la lengua de arena en el extremo de la isla, donde un gran cisne nadaba para proteger a su compañera contra todos sus atacantes, el río se abría a una anchura plateada entre praderas llanas que se extendían hasta las lejanas hileras de gruesos álamos negros, alejándose hacia Windsor tras una línea de árboles altos con copas color bronce repletas de brotes sin abrir y flancos ocultos por un seto de haya cobriza y espino blanco y carmesí. Chris dijo que la llevaría hasta la esclusa de Dorney en el esquife, y ella se subió muy silenciosa y obedientemente, pero en cuanto estuvieron a mitad de camino le pudo el sentido del deber y pensó que no podía irse de la posada sola con ese muchacho. Y entonces fue a la cocina y, mordiéndose el labio inferior por timidez, cortó muy concienzudamente montones de pan y mantequilla por si venía alguien a tomar el té. Justo cuando Chris la estaba convenciendo de lo imposible que era que llegara nadie, llegó alguien: una mujer gorda con una blusa rosa exuberante y un viejo que había estado remando con un chaleco de *tweed*. Chris salió a esperarlos, aunque Margaret se rio y tembló y le rogó que no lo hiciera. Tendría que haber sido una gran alegría, pero de repente él los odió, y cuando le ofrecieron una propina por empujar la barca, gruñó absurdamente y regresó corriendo, milagrosamente aliviado, al salón del bar.

Aun así, Margaret no quería abandonar la isla.

—Supón —dijo ella— que viene el señor Learoyd a por su lubina.

Pero accedió a acompañarlo a la parte salvaje de la isla, donde los chopos, los álamos y los sauces crecían alrededor de un claro en el que las adelfillas, las escrofularias violetas y alguna que otra flor de la patata por aquí y por allá revelaban cómo algunas de las empresas menos exitosas del señor Allington seguían combatiendo hasta la franja de lirios sobre el margen del río. En esa apacible selva había un banco rústico, reminiscencia de la imprudente pretensión del señor Allington de convertir aquello en un jardín de recreo, y en él se sentaron hasta que apareció una luna pálida sobre el verde maizal que estaba al otro lado del río.

—Aún no son las seis —dijo él sacando su reloj.

—Aún no son las seis —repitió ella.

Entre ellos las palabras parecían tener un significado distinto del habitual. Entonces una garza aleteó gigantesca frente a la luna y giró en amplios círculos alrededor del sauce que tenían enfrente.

—¡Oh, mira! —gritó ella.

Él cogió la mano con la que ella había señalado hacia arriba y la estrechó entre sus brazos. Estuvieron así durante mucho tiempo, mientras las alas del gran pájaro se batían sobre ellos.

Después, ella retiró la mano. Quería volver a cruzar el césped y dar un paseo por la posada, que tenía el aspecto lúgubre de las casas apagadas al anochecer. Pasaron junto a la barrera de estuco verde y blanco de la terraza y se quedaron en el prado de tres esquinas que se elevaba sobre el arroyo en el extremo de la isla, mirando un río que ahora era algo mucho más maravilloso que simple agua en movimiento, porque reflejaba en su seno las glorias rosa y ámbar del atardecer que ardía tras los olmos y la torre de la iglesia de Bray. Los pájaros se posaban sobre los cables del telégrafo, que atravesaban el río como notas negras sobre un pentagrama. Ella se acercó entonces a la ventana del salón y apoyó la mejilla en el cristal, mirando hacia dentro. La pequeña habitación parecía triste por el crepúsculo y solo se veía la máquina de coser de Margaret sobre la mesa, la fotografía ampliada de la madre de Margaret sobre la repisa de la chimenea, las vistas de la abadía de Tintern enmarcadas en terciopelo rojo y, en el suelo, a través del crepúsculo, el estampado de caléndulas de las zapatillas de andar por casa del señor Allington.

—Piensa en mí sentada ahí —susurró ella—, sin saber que me amabas.

Luego entraron en el bar y bebieron leche, mientras ella se paseaba tocando cosas familiares con una absurda expresión de exaltación, como si de ese día le gustara todo, hasta los tiradores de la cerveza.

Cuando cayó sobre ellos una noche tan brillante como el día, él la sacó a la oscuridad, dulce a causa del aroma de los nogales, y atravesaron el césped agachados bajo las ramas de los castaños, no hacia la parte salvaje de la isla, sino hacia un círculo de césped uniforme separado de ella por una barandilla de hierro forjado. Allí se encontraba un pequeño templo griego que parecía muy bonito a la luz de la luna. Nunca había llevado a Margaret a ese lugar porque el señor Allington le había dicho una vez, con el dedo índice apoyado en la nariz, que lo había construido el duque para sus excesos, y la calidad de su amor por ella no le permitía relacionarla con nada vil. Pero esa noche no había nada más que belleza. La alzó en sus brazos, la llevó dentro de las columnas y la colocó en un nicho sobre el altar. Una poderosa luz de luna se precipitó sobre ella. La luz le impedía distinguir si su cabello era blanco como la plata o amarillo como el oro, y de nuevo lo llenó de júbilo comprender que no le habría importado que fuera blanco. Su amor era inmutable. Alzándola del nicho se lo dijo y, mientras le hablaba, su cálido cuerpo se deshizo entre sus brazos. Las negras columnas, que se habían mantenido tan firmes contra la temblorosa marea de la luz de la luna y de las estrellas, se tambalearon y se disolvieron. De pronto se vio tirado en un mundo odioso rodeado de marañas de alambre de espino con nudos diabólicos contra un cielo repleto de ruidos estruendosos y chispas de fuego y gemidos pidiendo agua, y unos camilleros que le hacían un daño terrible en la espalda.

Chris se puso a apagar las velas, pero yo no conseguí decir nada, tal vez porque la parte egocéntrica que había en mí sencillamente buscaba hacer algún comentario para que él me supiera entregada e íntima.

De repente desistió, se quedó mirando la llama de una vela y dijo:

—Si hubieras visto la forma en que apoyaba su mejilla contra el cristal y miraba hacia la pequeña habitación, entenderías que no puedo decir: «Es cierto, Kitty es mi esposa y Margaret no es nada en absoluto».

—Por supuesto que no puedes —murmuré.

Luego nos dimos la mano y él hizo caer sobre nuestra conversación la firmeza de la oscuridad.

IV

A la mañana siguiente, el chófer tuvo que llevar el Rolls-Royce a la ciudad para que le cambiaran una pieza y no podía traer a Margaret de Wealdstone hasta la tarde. Me tocó a mí ir a buscarla. «Al menos —había dicho Kitty— podría ahorrarme eso.» Antes de partir, fui al estanque que está en el margen de la colina. Es un lugar donde el otoño dura la mitad del año, pues incluso cuando la primavera hace brotar lenguas de fuego verde en la maleza y el valle aparece iluminado por el sol entre los troncos de los árboles, el estanque sigue bordeado de helechos amarillos y zarzas tenues, y el agua fluye ámbar sobre las hojas del último invierno. A través de esa penumbra marrón, oscurecida entonces por un cielo hosco, Chris llevaba el esquife, de pie en la popa y usando su remo como un gondolero. Había bajado hasta allí poco después de desayunar, expulsado de la casa por la extrañeza que le producían todos los objetos excepto los muros exteriores y el descontento que le generaba un terreno en el que, en todas partes excepto en ese punto húmedo e intratable, se veían las huellas del carácter de Kitty. Tras el almuerzo se produjo un nuevo intento de instalarse, pero dirigió una mirada sombría a un grupo de rosas navideñas que brillaban en un bosquecillo que hace quince años había sido oscuro y regresó al rojo cobertizo a jugar con el bote. Era un deporte de muchachos y resultaba terrible verlo con esa cara de mediana edad llevando la barca a la orilla.

—Voy a bajar a buscar a Margaret —le dije.

Me dio las gracias por ello.

—Pero, Chris, tengo que decirte algo. Ya he visto a Margaret. Estuvo aquí, es muy amable y gentil, vino para decirnos que estabas herido. Es todo un encanto, pero no es como tú la imaginas. Es vieja, Chris. Ya no es hermosa, está lamentablemente casada. Va remendada y tiene arrugas y está destrozada por las circunstancias. No podrás amarla cuando la veas.

—¿No te dije anoche —respondió él— que eso no importa? —Sumergió su remo en una brazada que lo alejó de mí—. Tráela pronto. La esperaré aquí abajo.

Wealdstone no es, a su manera, tan mal lugar; se encuentra en pleno campo abierto y al final de cada calle se eleva una verde colina y las agujas de la escuela de Harrow, pero todas sus calles son largas y rojas, articuladas desordenadamente con arcadas de ferrocarril, y las fábricas estropean el horizonte con sus chimeneas rojas y angulosas.

Frente a las tiendas se plantan pequeñas mujeres con las espaldas cargadas de productos baratos que se tocan el labio superior con los dedos índices y hacen otros gestos débiles y dudosos, como si quisieran comprar algo y supieran que si lo hacen tendrán que privarse de otra necesidad. Cuando les preguntábamos por el camino se volvían hacia nosotros con gestos de agria escasez. Era un pueblo de gente que no podía hacer lo que quería. Y ahí era donde vivía Margaret, en una larga calle de cajas de ladrillo rojo, salpicada aquí y allá por el borrón rosado de la flor del almendro, que desembocaba en un campo llano donde la hierba verde se alzaba rancia entre el moho de arcilla ennegrecido por el polvo de carbón del ferrocarril y el patio de mercancías que quedaba al lado. Mariposa, que era la última casa de la calle, ni siquiera tenía un almendro. En su jardín delantero, que parecía torpemente arrebatado al campo gris, apenas parpadeaban azafranes amarillos y algunos calabacines empapados, y la parte trasera, en la que un hombre manejaba una pala sin maestría, tenía el aspecto de un huerto austero. Margaret no solo vivía en ese lugar, sino que pertenecía a él. Cuando abrió la puerta me miró con ojos llorosos y se atusó perpleja el pelo alborotado con una mano enharinada. Su rostro estaba amarillento por el calor y le brillaban unas gotas de sudor en la profunda franja que se abría entre sus fosas nasales y la comisura de sus labios.

—¿Está en casa? —preguntó.

Yo asentí.

Me hizo entrar y cerró la puerta.

—¿Se encuentra bien?

—Bastante —respondí.

Su tensa mirada se relajó. Se frotó las manos en el sobretodo y dijo:

—Me va a tener que disculpar. Hoy es el día libre de la chica. Si desea pasar...

Me senté en el cuarto de estar y le conté cómo le iba a Chris y el gran deseo que tenía de verla. Y mientras hablaba de su anhelo, aparté la mirada de ella, porque estaba sentada en un sofá tapizado de un terciopelo de un verde enfermizo, tan bajo que sus rodillas sobresalían tanto por delante que tenía que abrazarlas con sus manos arrugadas y manchadas de harina. La piel de su rostro también estaba húmeda. Pero al echar un vistazo a la habitación me falló un poco la voz, porque vi exactamente lo mismo que había visto Margaret aquella tarde de hace quince años, cuando apoyó su mejilla en la ventana del salón de Monkey Island. Sobre la repisa de la chimenea estaba la fotografía ampliada de la madre de Margaret, en las paredes había una vista de la abadía de Tintern enmarcada en terciopelo rojo, entre las patas desvencijadas del armario de la vajilla se veía la máquina de coser y, escondidas en el rincón entre mi silla y el reposapiés, un par de zapatillas de andar por casa. Durante toda su vida, Margaret, que por un instante había gozado de la inalienable dignidad de un amor correspondido, había convivido con hombres que usaban zapatillas de andar por casa. Volví a apartar la mirada y esa vez la dirigí hacia el jardín, a la figura que, más que cavar, hacía una demostración sobre su incapacidad para manejar una pala. Estornudaba con frecuencia y sus estornudos provocaban que las correas desabrochadas de la parte posterior de su chaleco se agitaran violentamente. Supuse que era el señor William Grey.

Yo terminé de exponer nuestro triste caso y comprobé que, aunque ella no se movía, abrazada a sus rodillas en aquella actitud horrible, las lágrimas le resbalaban por las mejillas.

—¡Oh, no! ¡Por favor, no llore! —exclamé poniéndome de pie. Me partía el corazón aquella inmovilidad bañada en lágrimas—. No está tan mal, se pondrá bien...

—Lo sé, lo sé —dijo con tristeza—. No creo que a Chris pueda sucederle nada malo durante mucho tiempo. Y estoy segura —añadió amablemente— de que lo están cuidando muy bien. Pero cuando algo que una creía que había terminado hace quince años empieza de nuevo, te sientes tan cansada... —Pasó una de aquellas espantosas manos por sus lágrimas, su piel húmeda, su áspero y abultado sobretodo—. Tengo calor. He estado horneando. Hoy en día no se puede conseguir una chica que sepa hornear. —Su mirada se volvió remota y tierna, hablaba de una forma explicativa y narrativa a la vez, como si le estuviera contando la historia a una vecina sobre el muro del jardín—. Supongo que debería decir que él no está bien de la cabeza y que yo estoy casada..., pero, ¡ay!... —exclamó, y yo me sentí como si después de tantear con cerillas húmedas y de muchas dudas sobre si había aceite en la mecha, la lámpara se hubiera encendido por fin—. ¡Tengo tantas ganas de verlo! Está mal, sé que está mal, pero me alegro mucho de que Chris también quiera verme.

—¡Le hará bien verla! —exclamé sorprendida de elevar mi voz al mismo tono que el suyo, como si quisiera mantenerla en él—. ¡Vamos ahora!

Ella se volvió repentinamente compasiva.

—Pero ¿y la joven? —preguntó con timidez—. La última vez que fui, estaba muy molesta. Me he preguntado muchas veces si hice bien en ir. Aunque Chris se haya olvidado de ella —explicó—, querrá hacer lo correcto. No soportará hacerle daño.

—Eso es cierto —dije—. Conoce a nuestro Chris. La mira siempre con el rabillo del ojo, incluso cuando se encuentra en su peor momento, para asegurarse de que ella no sufre. Pero ha sido ella la que me ha enviado aquí hoy.

—¡Oh! —exclamó Margaret radiante—. ¡Debe de tener una naturaleza encantadora!

De pronto perdí el hilo de la conversación. No podía hablar de Kitty. En ese momento me parecía una figura sin rostro rodeada de volantes, al igual que la mayoría de los sirvientes de Baldry Court me parecían figuras sin rostro con gorras y delantales. Solo había dos personas reales en el mundo, Chris y esa mujer, cuya personalidad resonaba a través de su sordidez como una hermosa voz que canta en la oscuridad de una habitación, y yo estaba absorta en una visión mental de ambos. Igual que se representa a los santos y a los profetas en los grabados de las viejas Biblias, así estaban de pie ellos dos, con sus túnicas blancas, sobre las rocas contra un cielo oscuro como boca de lobo, una poderosa luz que les daba en los ojos entornados por el éxtasis y las manos extendidas para recibir la bendición espiritual de la que emanaban aquellos feroces rayos. Deseé irrumpir en ese silencio extasiado y susurré tontamente:

—Oh, nada, nada es lo bastante bueno para Chris.

Mientras tanto, me decía a mí misma: «Si de verdad fuese realmente así, solemne y beatífica», pero mis ojos volvían a mirar su fealdad con desesperación. Y, sin embargo, ella era así realmente. Respondió a mi tonto susurro de adoración con una apariencia tan solemne y beatífica como yo había imaginado. Tenía los ojos graves alzados, las terribles manos yacían con las palmas hacia arriba sobre sus rodillas, como si quisieran recibir el amor del que emanaba su resplandor. Pero entonces se oyó un ruido en la cocina y aquello me sacó de mi éxtasis y la volvió súbitamente aburrida.

—Creo que es el señor Grey, que vuelve de su trabajo en el jardín. Discúlpeme...

A través de la puerta abierta oí una voz que hablaba de una manera que sugería un gran movimiento de una prominente nuez de Adán:

—Veo, querida, que te ha venido a ver una amiga, por eso he pensado que tal vez debería entrar sigilosamente y cambiarme estos pantalones del jardín.

Ignoro lo que le dijo ella, pero su voz era dulce, reconfortante, un poco aniñada e interrumpida por la risa. Percibí por su sonido que, con la gravedad que la caracterizaba, ella había asumido la misión de mantener la belleza y la emoción en su vida.

—Han herido a un viejo amigo mío —fue la única frase que oí, pero cuando lo llevó al jardín, bajo la ventana, evidentemente le explicó la situación, porque él seguía escuchando con docilidad mientras ella decía—: He preparado unos pasteles de roca para tu té. Y si llego tarde a la cena, hay un plato de macarrones con queso que debes meter en el horno y una lata de tomates para comer con él. Hay también un poco de ruibarbo y pastel.

Le desabrochó los tirantes y luego les dio la vuelta y se los abrochó en la parte trasera del chaleco. Era un hombre larguirucho, con pelos grises y rizados que crecían en todos los lugares donde no es recomendable que crezca pelo: el interior de las orejas, los orificios nasales, el dorso de las manos, pero parecía complacido cuando ella lo tocaba y dijo con devoción:

—Está bien, querida. No te preocupes por mí. Me iré corriendo después del té y jugaré una partida de damas con el señor Podds.

—Sí, querido —dijo ella—. Y ahora sigue con esas coles. Me vas a dar unas coles preciosas, como hiciste el año pasado, ¿verdad, cariño?

Luego enlazó su brazo al suyo y lo llevó de vuelta a su excavación.

Cuando regresó al cuarto de estar, llevaba puesta la gabardina amarillenta, el sombrero de penachos fúnebres que asomaban sobre la paja pegajosa y la falda de alpaca gris. Al principio apreté las manos a la defensiva. Para las yemas de los dedos habría sido una tortura rozar cualquier parte de su vestimenta, pero luego pensé en Chris, a quien un segundo antes había deseado llevar un sereno consuelo. Percibí con claridad que aquella mujer extática que alzaba los ojos y las manos para recibir la bendición del amor era Margaret tal como existía en la eternidad, pero que esa era la Margaret que existía en el tiempo, tal como la habían dejado irremediablemente esos quince años que habían transcurrido entre Monkey Island y este húmedo día en Ladysmith Road. En fin, había prometido llevársela.

—Estoy lista —dijo ella, y la simple visión de

su estado me dejó sin palabras, pero cuando se detuvo junto a la tubería de desagüe pintada del vestíbulo y buscó con el ceño fruncido el poco verosímil mango de concha de tortuga, me apresuré a decir:

—Oh, no se moleste por el paraguas.

—Quizá lo necesite para volver a casa —dijo.

—Pero el chófer la traerá de vuelta.

—¡Oh, eso sería estupendo! —exclamó con una risa nerviosa y adoptando un aspecto muy básico—. ¿Sabe? Ya sé que la forma en que nos vamos a encontrar es terrible, pero no puedo evitar que ver a Chris me parezca una especie de regalo. Me siento como si fuera a una fiesta.

Mientras me abría la puerta, miró hacia el interior de la casa.

—Es una casita horrible, ¿verdad? —preguntó.

Resultaba evidente que deseaba confirmar un descontento reprimido durante mucho tiempo.

—No es muy bonita —coincidí.

—A veces llevan las vacas al campo de atrás —continuó, como si contara minuciosamente sus bendiciones—. Eso me gusta. Pero por lo demás no es gran cosa.

—Pero el nombre es muy bonito —dije yo, poniendo la mano sobre las letras metálicas en relieve donde ponía MARIPOSA en la puerta.

—¿Verdad que sí? —exclamó ella, con la sonrisa de una romántica empedernida—. Es una palabra española, ya sabe.

Cuando subimos al automóvil, la intimidó un poco sentirse grande y torpe, y también la tosquedad de su ropa en contraste con la fina tapicería, el jarrón de plata con rosas de Navidad y toda la intencionada delicadeza del coche de Kitty. Tenía miedo del chófer, como los pobres tienen siempre miedo de los sirvientes, y agachó la cabeza cuando él se bajó para arrancar. Para hacerla recuperar la calma y la belleza, le dije que, aunque Chris me había contado todo sobre cómo se habían conocido, no sabía nada de su separación, y que tenía muchos deseos de oír lo que había pasado. Con voz profunda y avergonzada, ella empezó a hablarme de Monkey Island. Resultaba extraño que tanto Chris como ella se refirieran a Monkey Island no como si se tratara de un lugar, sino de un estado mágico, lo que explicaba en gran medida las cosas que habían sucedido allí. También era extraño que ambos describieran minuciosamente el único espino blanco que se alzaba entre los álamos junto a la orilla del ferri. Supongo que algo que se ha mirado junto a alguien amado adquiere para siempre un significado especial. Me dijo que su padre se había trasladado allí cuando ella tenía catorce años. Tras el fallecimiento imprevisto y doloroso de la señora Allington, la alegría de su posada en Windsor se volvió intolerable para el hombre. El mundo entero le parecía su tumba, y esos sargentos achispados vestidos de escarlata, el carretero pidiendo a gritos una pinta o los caballos hundiendo sus suaves hocicos en el comedero del patio, todo parecía estar ensuciando su dolor con sus felices y tontos apetitos. Así que se fueron a Monkey Island, cuyo absoluto contraste resultaba curativo, y se instalaron felizmente en aquel frondoso silencio. Todo el verano fue encantador; a la pequeña y luminosa posada solía ir gente amable y tranquila, maestros de escuela para pescar, hombres que escribían libros, parejas casadas que aún amaban la soledad. Y el invierno fue encantador también, ella tenía un temperamento capaz de ver una aventura en tener que sacar las alfombras porque el Támesis entraba en el cuarto de estar. Y así fue su vida durante cuatro años. Inclinando la cabeza hacia un lado, y con un aire de juzgar esa cuestión a la luz de la experiencia, declaró que en esa época había sido feliz.

Al parecer, una tarde de abril, Chris desembarcó en la isla y, con el simple y rápido movimiento de atar su barco, la rindió para siempre. Yo podía imaginar fácilmente que hubiese sido así. Era tan maravilloso de joven, poseía en grado sumo la belleza de los hombres jóvenes, que es como la del potro vivaz o la del árbol recién brotado, pero en él transformada en una belleza seria y conmovedora, por el alma que la habitaba. Cuando la luz del sol se posaba sobre él, diferenciando sus cabellos dorados de los castaños, o cuando experimentaba cualquier otro placer físico, su respuesta era siempre reservada. Sus ojos, que eran grises, tenían cierta oscuridad provocada por el pensamiento, se advertía que estaba inmerso en algún tipo de drama espiritual. Era imposible verlo y no desear tener intimidad con él para interceder entre ese cuerpo creado para la felicidad y esa alma con una fe tan profunda en la tragedia... En fin, ella le ofreció a Chris huevos de pato con el té.

—Nadie ha probado unos huevos de pato como los de mi padre. Era su manera de alimentarnos. No era rentable, por supuesto, pero qué buenos estaban.

Antes de que acabara la tarde Chris se los había metido a todos en el bolsillo con la red de seda de sus finos modales, había hablado con su padre sobre las gallinas y se había paseado por los corrales, también entonces, como en muchos días sucesivos, había puesto su encanto a los pies de la muchacha.

—Al principio pensé que era alguien de la realeza y, cuando siguió viniendo, creí que era por los huevos de pato.

En ese momento, su piel húmeda y apagada se sonrojó repentinamente hasta alcanzar una cálida gloria, y empezó a tartamudear.

—Ya me sé toda esa parte —me apresuré a decir. Tenía más miedo de sentir envidia o cualquier otra pasión en presencia de aquella mujer que de ninguna otra cosa en el mundo—. Quiero saber cómo se separaron.

—Oh —exclamó ella—. Fue una pelea muy

tonta. Conocíamos los sentimientos del otro desde hacía una semana. Una semana. Hacía un tiempo precioso y papá no se había dado cuenta de nada. Yo no quería que lo anunciara, porque pensaba que papá querría que nos casáramos lo antes posible y pensaría que cualquier retraso era un desaire para mí, y yo sabía que tendríamos que esperar. Recuerdo que me dije a mí misma: «Tal vez cinco años», tratando de ponerme en lo peor para que si nos casábamos antes fuera una bonita sorpresa. —Lo repitió con suave ironía—: ¡Tal vez cinco años! En fin, entonces, un jueves por la tarde fui al remanso con Bert Wells, el sobrino del señor Wells, que llevaba la posada en Surly Hall. Yo me estaba riendo a carcajadas porque él remaba de manera muy cómica. Es un tipo de ciudad y manejaba los remos como si fueran cucharas de té. El viejo bote estaba clavado en el agua como una gallina sobre sus polluelos y no se movía, ¡y él estaba tan seguro de sí mismo! Me senté y no paré de reírme. Entonces, de repente (¡clang-clang!), sonó la campana del ferri y allí estaba Chris, de pie bajo los álamos, con sus cejas rectas y negras y ni media sonrisa. Me sentí fatal. Lo recogimos en el bote y lo llevamos al otro lado, y seguía sin sonreír. Llegamos a la isla y Bert vio que algo andaba mal y dijo: «Bueno, yo me voy». Allí me quedé en el prado con Chris, y él enfadado y a miles de kilómetros de distancia. Recuerdo que me dijo: «Yo, que venía a despedirme porque tengo que irme esta noche, y te encuentro tonteando con ese patán». Le dije: «¡Vamos, Chris! Conozco a Bert de toda la vida, porque venía a casa de su tío a pasar las vacaciones, no estábamos tonteando. Es solo que no sabía remar». Él siguió hablando y entonces me di cuenta de que no confiaba en mí como habría confiado en una chica de su clase, y se lo dije, y él fue más cruel todavía. ¡Oh, no me haga recordar las cosas que nos dijimos! No sirve de nada... Al final le dije algo horrible y él me contestó: «Muy bien, estoy de acuerdo. Me marcho», y se dirigió al muchacho que estaba cortando leña y lo hizo llevar en la batea. Cuando pasó junto a mí, apartó la cara. Bueno, eso es todo.

Por fin daba con la clave. Hacía quince años había habido una primavera en Baldry Court que resultó desoladora a pesar del buen tiempo que hizo. Chris se había quedado con el tío Ambrose en su rectoría del Támesis, algo que nunca había hecho antes, y el viejo señor Baldry colmaba la casa de una desdicha acalorada y apopléjica. Se pasaba el día en la ciudad, metido en la oficina, y había abandonado sin explicación su costumbre de llamar a su mujer al mediodía. Las noches las pasaba sentado en la biblioteca revisando sus papeles y sus libros de contabilidad. Las criadas muchas veces se lo encontraban a la mañana siguiente, dormido sobre su escritorio, muy colorado y con aspecto de estar muerto. Los hombres que llevaba a cenar a casa lo trataban con una amabilidad y una consideración que no eran el tributo que acostumbraba a exigir aquella personalidad victoriosa y fanfarrona. Durante el transcurso de la conversación él dejaba caer alegres insinuaciones de una ruina inminente que habría sido humillante lanzarnos directamente a nosotros. Por fin, una mañana le dijo a la señora Baldry a la mesa del desayuno: «He mandado llamar a Chris. Si el chico resulta digno...». Fue una confesión espantosa —como el gemido de un viejo barco cuando le crujen las cuadernas—, la confesión de un hombre que dudaba de la capacidad de su hijo, como siempre dudan de la capacidad de sus hijos los padres que los han tenido en su vejez. Esa tarde, cuando bajé a ver al bebé recién nacido a la casa de campo, me crucé con Chris subiendo por el camino. En mitad del crepúsculo azul, su rostro pálido tenía el aspecto de un ahogado. Recuerdo bien lo mucho que me sorprendió que se cruzara conmigo sin percatarse de mi existencia porque eso me hizo comprender por primera vez que nunca me había visto más que de una manera muy superficial; a partir de ese momento entendí que apenas había entrado en su mente. Aquella noche habló hasta tarde con su padre y por la mañana partió rumbo a México, para que las minas siguieran funcionando durante la revolución, la empresa se mantuviera en pie y Baldry Court continuara siendo elegante y hospitalaria, para que todo siguiera siendo brillante y espléndido, salvo su juventud, que después de aquello se vio apagada por los cuidados.

Algo de todo eso le conté a Margaret, a lo que ella respondió: «Oh, ya lo sé», y siguió con su historia. El domingo, tres días después de su disputa, el señor Allington apareció muerto en su cama.

—Yo quería desesperadamente a Chris, pero nunca vino, nunca escribió.

Ella cayó en una especie de letargo en el que estaba todo el día sentada viendo pasar el Támesis, del que apenas se despertó al descubrir que su padre no le había dejado nada, salvo una renta de veinte libras al año de acciones irrecuperables. Negoció el traspaso del arrendamiento de la posada a un tabernero y, tras exigir a la nueva anfitriona la promesa de que le remitiría todas las cartas que llegaran, se embarcó en una carrera cada vez más desafortunada como niñera. Primero cayó en manos de una noble familia irlandesa de escasos recursos apellidada Murphy, cuyo gesto de huir y dejarla en un hotel de Brighton con el sueldo y la comida sin pagar aún la angustiaba y la dejaba perpleja.

—¿Por qué lo hicieron? —preguntó—. Me caían tan bien. El bebé era un encanto y la señora Murphy tenía una forma muy agradable de hablar. Pero una casi piensa mal de la gente cuando hacen cosas así.

Después de dos años de aventuras menos memorables, pero aun así incómodas, llegó a una familia grande y necesitada llamada Watson, que vivía en Chiswick, y casi de inmediato el señor

William Grey, que era hermano de la señora Watson, inició un cortejo que me pareció que había consistido básicamente en un incesante lloriqueo ante su instinto protector. «El señor Grey —dijo ella en voz baja, como si afirmara su principal pretensión de afecto— nunca ha tenido mucho éxito.» Aun así, jamás llegó ninguna carta.

De manera que, cinco años después de dejar Monkey Island, se casó con el señor William Grey. Poco después de su matrimonio, él perdió su trabajo y estuvo durante algún tiempo en paro, más tarde desarrolló un problema de asma que necesitaba atención constante. «Aunque todo ayuda a pasar el tiempo», dijo alegremente y sin ironía. Así que durante muchos años no tuvo oportunidad de volver a Monkey Island. Al principio no había dinero y después hubo que buscar las saludables brisas de Brighton, Bognor o Southend, que eran los lugares en los que extrañamente el pecho del señor Grey elegía mejorar. Y cuando se acabaron esos obstáculos, ella se sintió aletargada. Además, había oído que la posada no se gestionaba como debía y no habría soportado ver mancillado el verde hogar de su juventud. Pero había llegado a un punto en que estaba muy disgustada. Me miró un poco salvajemente cuando dijo eso, como si fuera a desmayarse si le hacía alguna pregunta. Y a partir de entonces se obsesionó con el deseo de volver a ver Monkey Island.

—Bueno, cuando llegamos al ferri, el señor

Grey dijo: «¡Pero, piedad, Margaret, esto está rodeado de agua por todas partes!», y yo le dije: «¡Vamos, William, no es más que eso!».

Comprobaron que la isla volvía a estar limpia y decorosa, porque hacía poco había cambiado de manos.

—Los nuevos son un padre y una hija, igual que papá y yo. El señor Taylor también tiene algo del aire de papá, pero viene del norte. La señorita Taylor, sin embargo, es mucho más guapa que yo, una mujer realmente impresionante y con un pelo dorado muy bonito. Fueron muy amables cuando se enteraron de quién era yo, nos dieron pato y guisantes para comer, y me acordé de papá. No estaba tan bueno como sus patos, pero supongo que les funciona. Luego la señorita Taylor se llevó a William a ver el jardín. Pude ver que no le gustaba, porque siempre lo intimidan las mujeres llamativas, y yo iba tras ellos cuando el señor Taylor me dijo: «Venga un momento, tengo algo que le puede interesar. Pase por aquí», y me condujo a la mesita del despacho. Sacó de un cajón doce cartas dirigidas a mí con la letra de Chris. Era un hombre amable. Me sentó en una silla y llamó a la señorita Taylor y le dijo que mantuviera a William en el jardín el mayor tiempo posible. Yo le dije: «Pero la señora Hitchcock me dijo que me enviaría mis cartas». Y él contestó: «Pero la señora Hitchcock no llevaba ni tres semanas aquí cuando huyó con un corredor de apuestas de Bray. Y después de eso

Hitchcock se dio a la bebida y se volvió descuidado». Los Taylor habían encontrado todo eso metido en el escritorio cuando llegaron.

—¿Y qué había en esas cartas?

—Durante mucho tiempo no las leí. Pensé que iba en contra de mi deber como esposa. Pero cuando recibí el telegrama diciendo que estaba herido, subí al altillo y las leí todas. Oh, esas cartas...

Inclinó la cabeza y se puso a llorar.

Cuando el coche atravesó las puertas de Baldry Court, ella se incorporó y se secó las lágrimas. Miró la franja de césped —tan brillante que se habría dicho que estaba húmeda e iluminada aquí y allá por campanillas de nieve y escilas y azafranes— que discurre entre el camino de entrada y la maraña de abedules plateados y zarzas y helechos. No hay ninguna razón estética para ese borde, el jardín exterior parece más hermoso cuando bordea el camino con tojos oscuros y hierbas ásperas color ámbar, pero su función es puramente filosófica, afirma que aquí se estima solo la belleza controlada, que lo salvaje no tiene cabida dentro de nuestras puertas, que hay que convertirlo en algo delicado y decorado para que sea feliz. Ella seguramente entendió que este no era un lugar para una belleza que no ha sido suavizada sino lacerada por el tiempo, que nadie acostumbrado a vivir en un sitio como este podría evitar hacer una mueca de dolor ante una torpeza externa como la suya... Pero, aun así, dijo:

—Es una casa muy grande. Cuánto debe de haber trabajado el pobre Chris para mantenerla.

La compasión de aquella mujer era como una espada flamígera. Nadie había compadecido nunca a Chris por la magnificencia de Baldry Court. Nosotras habíamos vivido bajo la pretensión de que, al llevar ropa cara y organizar una vida costosa, nos habíamos convertido en las sirvientas de su deseo. Pero ella reveló la verdad de que, por mucho que él deseara una casa magnífica, no se trataba de una casa construida con las manos.

No obstante, el hecho de que fuera sabia, de que los ángeles estuvieran de su lado con toda seguridad, no la hacía menos ofensiva físicamente para nuestro entorno. Todas mis dudas sobre la sabiduría de mi expedición regresaron en el poco tiempo que pasamos en el salón aguardando un té que yo había pedido con la esperanza de que ayudara a Margaret a recomponer su angustiado rostro. Se quedó de espaldas a la mesa de roble, jugueteando con sus guantes de hilo, parpadeando con sus ojos llorosos, dando golpecitos con el pie en la alfombra, cambiando su peso de una pierna a otra y comparando constantemente su aspecto con la nueva adquisición del talento decorativo de Kitty, que reposaba muy cerca de ella, sobre la mesa, y que yo temía que se rompiera con alguno de sus espasmódicos movimientos. Se trataba de un cuenco negro poco profundo, en cuyo centro, inclinada sobre las manos y las rodillas, se veía una ninfa blanca y desnuda con la cabecita dirigida atentamente hacia unas flores blancas que flotaban sobre las aguas negras que estaban a su alrededor.

Junto al negro puro del cuenco, sus plumas pegajosas parecían horribles; junto a esa ninfa blanca, eternamente ajena a nada que no fuera la contemplación de la belleza, su piel opaca y su sufrimiento resultaban ofensivos, junto a aquella producción concebida con frialdad y ejecutada con calma por una mano y un espíritu elevados al servicio de lo superfluo, su apariencia de haber salido temporalmente de un entorno denostado y sin recursos impactaba como la mancha de un cáncer en un mundo hermoso. Puede que fuera absurdo dar pábulo a la acusación que hacía, a una mujer real, un simple juguete de alfarero, pero se daba el caso de que ese juguete resultaba ser también una pequeña imagen de la idea que Chris tenía de las mujeres. Éramos exquisitas en nuestro aspecto, desprovistas de apetito o de pasión, hasta de las pasiones nobles, nuestras cabecitas se inclinaban atentamente hacia las blancas flores del lujo que flotaban en las negras aguas de la vida y él no había conocido a más mujeres que a nosotras. Con ese hábito mental, un hombre no podía impedir hacer una mueca de dolor frente a Margaret. Me bebí el té muy lentamente porque preveía lo que iba a ocurrir en los próximos cinco minutos. Allá abajo, junto al estanque, él se volvería al oír aquellas pesadas botas en el sendero y con una sola mirada calcularía su edad, su aspecto baqueteado, su fina textura echada a perder, y le dedicaría a aquella mísera careta un gesto tan inexpresivo como el que le había dedicado a Kitty la noche anterior. Aunque tengo un don para la autocompasión, sabía que su caso sería más dramático que el mío, porque sería peor ver, como vería ella, que el ardor de sus ojos daba paso a la amabilidad que el hecho de no haber visto nunca el ardor. Él dudaría, ella haría uno de sus gestos de angustia, y luego se alejaría con esa mirada humedecida y paciente que era su característica especial. Él regresaría a su deporte infantil con el esquife y yo esperaría que las aguas marrones no le parecieran demasiado amables. Ella regresaría a Mariposa, se sentaría en su cama y se pondría a leer aquellas cartas...

—¿Qué? —dijo ella alegremente cuando apoyé la taza—, ¿puedo ver a Chris?

No tenía ninguna duda sobre la aventura. La llevé al salón y abrí una de las cristaleras.

—Pase esos cedros hasta el estanque —le dije—. Está remando allí.

—Qué bien —dijo ella—. Siempre tiene un aspecto encantador cuando rema.

La seguí, tratando de insinuar la posibilidad de un ataque de pánico a su encuentro:

—Verá que está cambiado...

—Oh, lo reconoceré —respondió alegremente.

Al subir las escaleras me dio la sensación de que me iba a desmayar. Supongo que en realidad tenía tantos celos de Margaret que me estaba enfermando, pero de pronto, igual que alguien cansado deja caer un peso que sabe valioso pero que ya no puede seguir cargando ni un segundo más, mi mente se negó a examinar más la situación y se centró en la percepción de las cosas materiales. Me incliné sobre la barandilla y contemplé la elegancia del vestíbulo: la delicada figura de la ninfa en su círculo de agua negra, el claro rosa y blanco de la cretona de Kitty, la límpida superficie del roble, los alegres colores reflejados en las paredes con paneles. Me dije: «Si todo se pierde, siempre me quedará esto», y eso me hizo seguir adelante, complacida de llevar ropa delicada y de tener una piel suave, de que las paredes del pasillo fueran de un azul tan tenue, de que a través de una lejana puerta abierta llegara un torrente de luz que hacía que la alfombra resplandeciera con su azul más intenso. Cuando vi que la que estaba abierta era la puerta del cuarto infantil y que en el gran sillón de la niñera, junto a la ventana, estaba sentada Kitty, no me molestó el rostro afilado que levantó, con su belleza pálidamente dorada por el sol de marzo, ni la tremenda implicación de que hubiera ido al cuarto del niño difunto aunque no se hubiera lavado el pelo. Le dije con severidad, porque me pareció que ella había olvidado que vivíamos en la fortaleza inexpugnable de una vida elegante:

—Oh, Kitty, no sabes cómo es esa pobre mujer baqueteada de ahí fuera.

Ella miró con tanta gravedad hacia el jardín que mis ojos siguieron los suyos.

Era uno de aquellos días deprimentes, tan comunes a finales de marzo, en los que el jardín se encuentra en su peor momento. El viento que ascendía para ver un espectáculo de sol le arrebataba al cedro la dignidad de una sombra sólida y hacía que los abetos negros batieran sus ramas y llenaba el cielo de nubes grises y deslumbrantes que atenuaban el brillo de los azafranes. Para dar sentido a los jardines en días como ese, en los que el clímax planificado entre el parterre y aquel árbol majestuoso no servía para nada, los antiguos jardineros erigieron estatuas en sus prados y en sus paseos, grandes objetos con un tema, tritones musgosos o ninfas con una urna, que atraían la mirada. Pese a todo, en aquel intranquilo jardín la mirada se inclinaba hacia la figura de la gabardina amarilla que permanecía inmóvil en mitad del césped.

No sé cómo Chris se había percatado de la proximidad de su presencia, pero allí estaba, corriendo sobre el césped, tal y como lo había visto en mis sueños noche tras noche corriendo en tierra de nadie. Sabía que cerraba los ojos mientras corría, sabía que se arrodillaría al llegar a un lugar seguro. Pensé que a los pies de Margaret estaba la seguridad, incluso antes de ver cómo los brazos de ella lo sujetaban por debajo de las axilas con un gesto que no era apasionado, sino más bien el movimiento de quien sostiene a un hombre herido, pero incluso cuando ella alzó la cabeza hasta el nivel de sus labios, la cuestión central seguía sin resolverse. Me tapé los ojos y dije en voz alta:

—Dentro de un minuto verá su cara, sus manos.

Pero, aunque pasó mucho tiempo antes de que volviera a mirar, ahí seguían estrechamente abrazados. El abrazo de ella daba la impresión de haberlo alimentado, y él parecía más fuerte cuando se separó. Permanecieron con las manos entrelazadas, mirándose el uno al otro (¡se miraban fijamente y estaban encantados!), y luego, como si reanudaran una conversación tediosamente interrumpida por alguna obligación social, se juntaron de nuevo y pasearon bajo las agitadas ramas del cedro hacia el bosque que quedaba más allá. Mientras Kitty lloraba, pensé que Chris estaba en lo cierto cuando había dicho aquello de que a los amantes hay innumerables cosas que no les importan.

V

Después de que el automóvil se llevara a Margaret, Chris se acercó hasta donde estábamos en el salón y, tras permanecer un rato frente al resplandor del fuego, comentó vacilante:

—Quiero deciros que sé que está todo bien. Margaret me lo ha explicado.

Kitty arrugó su costura en una bola blanca.

—Querrás decir, supongo, que sabes que soy tu esposa. Me alegra que lo describas como que «está todo bien», y te agradezco que lo hayas aceptado por fin... gracias a la autoridad de Margaret. Es una situación que llenaría de orgullo a cualquier mujer.

Su ironía era tan débilmente agria como una semilla de comino y, después de aquello, nunca volvió a tener siquiera ese bajo tono de violencia, porque tras la leve caída de la cabeza con la que él recibió la embestida, ella se dio cuenta al instante de que aquello no era una farsa y que entre ellos había algo tan infranqueable como la muerte. De ahí en adelante, sus acciones no suscitaron más comentarios, solo dolor. No había nada que decir cuando se sentaba durante todo el día, salvo las horas de la tarde que pasaba con Margaret, como un ciego a esperar que se disipara su oscuridad. Tampoco había nada que decir cuando parecía no ver nuestras flores, pero conservaba hasta que se pudrían sobre el tallo los narcisos que Margaret le traía de ese jardín que parecía un huerto. Kitty se pasaba el día tirada como una muñeca rota, o bocabajo en el sofá con un brazo flácido colgando hacia el suelo, o con los pies rígidos con sus maravillosas pantuflas sobresaliendo de su cama con dosel, y yo intentaba que mi estado de ánimo habitual fuera el que había mitigado el final de mi viaje con Margaret, un estado de ánimo de intensa percepción en el que mi crispada inteligencia podía posarse sobre cada objeto que se presentaba ante mis ojos y trataba de identificarme con su brillo y su ausencia de pasión humana. Eso no significa que me pasara el día en un estado de alegre reconocimiento, sino más bien que pasaba mucho tiempo en los senderos de Harrowweald mirando el fino trazado de ramas desnudas contra el duro y alto cielo primaveral mientras el viento frío se me colaba por la falda y me helaba hasta los huesos, porque temía que si me movía o si prestaba atención a algo, empezaría a pensar de nuevo. El sufrimiento está lejos de ser esa clara melancolía que cree la juventud. Se parece más bien a un asedio en una ciudad tropical. La piel y la garganta se resecan como si se viviera en el calor del desierto, el agua y el vino tienen un sabor caliente y la comida es de una sustancia terrosa, se gruñe a quien nos acompaña y los pensamientos nos pinchan durante el sueño como mosquitos...

Una semana después de mi viaje a Wealdstone fui a buscar a Kitty para que me acompañara a dar un paseo y me la encontré tendida sobre sus almohadas, en plena revisión de su ropa interior. Se negó amargamente y añadió:

—Vuelve pronto. Acuérdate de que el doctor Gilbert Anderson viene a las cuatro y media. Es nuestra última esperanza. Y dile a esa mujer que también tiene que verlo. Dice que quiere hablar con todos los implicados.

Luego continuó mirando con desgana las frágiles sedas luminosas que le llevaba su criada, como un especulador que ha acaparado un artículo para el que no ha habido demanda y se dedica a mirar unos cargamentos tan condenadamente numerosos como poco rentables. Así pues, salí a solas en aquel día templado, con un disipado invierno acechando en lo alto, en nubes altas y oscuras, bajo las que corrían rápidas y frescas corrientes de aire, y bajo unos haces discontinuos de sol que difundían una claridad gris en la que los colores parecían nítidos y contundentes. En la parte en la que Harrowweald gira hacia el sur habían colocado un corral de corderos en el que unas vallas color lavanda pálido, la paja esparcida color dorado y el bebedero naranja constituían nuevas notas alegres en el opaco verde invernal de la ladera, y los recelosos balidos de las ovejas serpenteaban por la colina como un río de sonido mientras las llevaban por un sendero oculto por el seto. Las filas de olmos desnudos que oscurecían las praderas inferiores hacían que pareciera que la marea del invierno se había retraído y dejado a la vista aquel promontorio desnudo y resplandeciente en primavera. Me gustó tanto que abrí la verja y me senté en un árbol al que el gran vendaval del año anterior había arrancado de raíz, pero que aún no se había resignado a morir y se estaba engalanando valerosamente con flores moradas. Eso me agradó también, y deseé tener a alguien conmigo para disfrutar de ese pequeño espectáculo del año nuevo. No pensé en Kitty en realidad, los compañeros a los que necesitaba eran Chris y Margaret. Él habría hablado —tal y como le gustaba hacer cuando contemplaba el panorama de un amplio valle— sobre cuestiones que debía excluir de sus horarios ordinarios para que no interrumpieran el poder de los negocios sobre su mente, y Margaret habría contemplado gravemente el argumento desde la sombra de su amplio sombrero para comprobar que se mantenía en pie, como un ama de casa que vigila un cazo de leche para que no se derrame. Eran mis amigos naturales, aquellas amables personas pensativas. Entonces, de pronto, sentí que me aturdían los celos. En aquel momento no era su amor mutuo lo que me causaba dolor, sino el pensamiento de todas las cosas en las que habían posado la mirada juntos. Imaginé aquel espino blanco entre los álamos junto al ferri que habían contemplado quince años atrás en Monkey Island y fue más de lo que pude soportar. Pensé que incluso en ese momento podrían estar exclamando ante el vapor verde de los primeros brotes del sotobosque marrón que rodeaba el estanque, y me deslicé del tronco del árbol y comencé a caminar rápidamente colina abajo. Las vacas rojas bebían del estanque ahuecado por las raíces de los sauces y un semental flaco bailaba con torpeza porque el calor corría bajo el suelo. Encontré un arroyo y lo seguí hasta que se convirtió en un brillante dique bordeado de musgo verde y dorado en mitad del bosque, pero la visión de esas cosas no me produjo ninguna alegría, porque mi mirada era solitaria. Quise poner fin a mi desesperación saltando desde las alturas, y me subí a una loma y me arrojé bocabajo sobre las hojas muertas que había al pie.

Ahora estaba completamente alejada de Chris. Antes, cuando lo miraba, sentía un alivio instantáneo al observar el corto vello dorado de sus mejillas, el promontorio de carne cobriza sobre sus gruesas cejas rubias, ahora estaba sencillamente demasiado ocupada en que se sintiera tranquilo mostrándole un perfil firme y sin distorsiones, rematado por un prolijo y orgulloso peinado, en vez de la máscara oscurecida de lágrimas a la que siempre temía, para tener así la suficiente vitalidad como para disfrutar de su presencia. Le hablaba con voz tranquila y firme, sin que me afectara el sufrimiento; leía *Country Life* con gran interés; mantenía las manos, que habría deseado retorcer durante casi todo el día, enfundadas en guantes de piel de becerro; jugaba mucho con los perros y llevaba mis *tweeds* más gruesos; fingía que la leve pesadez de mis rasgos era el indicador veraz de mi temperamento. La única ocasión en que permitía que su presencia me inundara como antes era cuando me encontraba con Margaret en el vestíbulo al entrar o salir. Ella era muy diferente ahora; lucía una sonrisita en la mirada como si escuchara un aire familiar a lo lejos, su torpeza parecía más bien indecisión sobre si debía caminar o bailar al ritmo de esa música lejana, y su desaliño ya no resultaba más desagradable que el de una niña ansiosa que, por llegar a la fiesta, no ha dejado que su niñera le abroche el vestido. Siempre extendía una mano con un guante de hilo negro desabrochado y decía: «Vuelve a hacer un buen día» o, con cierta timidez, porque Kitty seguía negándose a estar presente: «Espero que la señora Baldry se encuentre bien». Luego, cuando nuestras manos se tocaban, él se hacía presente entre nosotras, invocado por nuestra adoración mutua, yo sentía su áspera textura masculina y veía la nítida calidez de su tono marrón y dorado. Pensaba en él con la pasión del exilio. Para Margaret era una llamada, y pasaba junto a mí hacia el jardín, sosteniendo sus manos frente a ella como si llevara regalos invisibles, y deteniéndose en el escalón de la cristalera para sonreír, como si en su corazón diera vueltas a un pensamiento delicioso: «Él está aquí. Contenido en este jardín». Mi momento, mi pequeña y única subsistencia, acabó siendo un sentimiento de celos tan desagradable y carente de sentido como una enfermedad. Fue la primavera más triste.

Nada podía mitigar la dureza de nuestro rechazo. Podría pensarse que dábamos una importancia absolutamente ficticia a lo que no era más que el delirio de un loco. Pero cada minuto del día, sobre todo en aquellos momentos difíciles en los que Chris paseaba por la casa y por los jardines con los médicos, sonriendo amablemente pero sin alegría y respondiendo a sus preguntas con la nítida cortesía de un hombre que despide a un viajante curioso en la sala de fumadores de un hotel, hacía evidente que, si la locura implicaba la propensión al desvarío, Chris no era ningún loco. Para nosotras era una vergüenza que nos hubiera rechazado al alcanzar algo más cuerdo que la cordura. Su misma pérdida de memoria era un triunfo sobre las limitaciones del lenguaje que impide a la mayoría de los hombres hacer declaraciones explícitas sobre sus relaciones espirituales. Si nos hubiese dicho a Kitty y a mí: «No os conozco», nos habríamos quedado perplejas; si hubiese ido más allá y hubiese dicho: «No sois nada para mí, mi corazón no siente ningún vínculo con vosotras», habríamos llorado por una falta de amabilidad que seguramente no era intencionada. Pero la frialdad de aquellos ojos, que solo me veían como a una compañera de juegos menospreciada, y a Kitty como a una extraña presencia decorativa en su casa y la encargada de sus comidas, nos hacía saber exactamente el lugar que ocupábamos. Aunque llorara sobre hojas secas, sentía el amargo arrebato que acompaña al descubrimiento de cualquier verdad. Me parecía ver, realmente, cierto frío orgullo intelectual en su negativa a recordar su próspera madurez y en su decisión de afincarse en la época de su primer amor, pues demostraba ser así mucho más cuerdo que el resto de las personas, que tomamos la vida según nos viene, cargada de cosas insustanciales e irritantes. Y hasta me inclinaba a admitir que esa elección de lo que para él era la realidad entre todas las apariencias que tan copiosamente presentaba el mundo, aquella astuta recuperación de la perla caída de la belleza, había sido el acto de genialidad que siempre había esperado de él. Pero eso no hacía menos agónica nuestra exclusión de su vida.

No era capaz de pensar con claridad. Supongo que en términos espirituales el tema de nuestra tragedia podía describirse así: en Kitty él se había apartado del tipo de mujer que hace que el cuerpo conquiste al alma; en mí, del tipo que media entre el alma y el cuerpo y los hace correr a la par y sin asperezas como dos caballos bien emparejados en un carruaje, y se había entregado a una mujer cuya funesta costumbre era defender el alma contra el cuerpo. Pero tan solo veía esto como un acto de una crueldad extraordinaria que solo podía concebir como una conjunción de imágenes calamitosas. Para mí ocurría en algún lugar tras el frente, al final de un sendero recto que discurría junto a una fila de álamos raquíticos entre llanuras de barro, brillantes como el acero a causa de inundaciones provocadas por una suave lluvia incesante. Allá, más allá de una iglesia a la que le faltaba la torre, se alzaban una veintena de casas, todas ellas horribles, con parches de ladrillos desnudos asomando como llagas a través del yeso arrancado y vigas descubiertas que sobresalían como huesos rotos. Todavía había gente viviendo en ese lugar. Se veía a una mujerzuela sentada en la puerta de una casa mugrienta, sacando la ropa sucia y saludando con los brazos desnudos a unos soldados que pasaban, y en otra casa un almacén con ristras de cebollas anaranjadas y manojos de hierbas colgando del techo, una penumbra marrón repleta de ajo y los zumbidos de esas moscas que viven todo el año en las tiendas de los pueblos franceses, y hasta un gato negro que frotaba su lustre contra el dintel. Ahí estaba Chris, en el mostrador, frente a un viejo con una blusa azul y una cicatriz blanca que se adentraba en la espesura gris de su barba, un viejo con una sonrisa a la vez lasciva y benévola, repulsiva por la suciedad y, sin embargo, espléndida por la estructura olímpica de su cuerpo. Creo que era el alma del universo, consciente y despreocupada a partes iguales de todo ser viviente, para la que yo no era más amada que esa fulana de brazos desnudos de la puerta vecina. Y Chris estaba apoyado en el mostrador, con los ojos vidriosos. (Ese era su espíritu; su cuerpo yacía ahí fuera, en la llovizna, al otro lado de la calle.) Observaba dos esferas de cristal que las fuertes y sucias manos del anciano habían hecho rodar hasta él. En una de ellas veía a Margaret, no con su gabardina y sus penachos, sino transfigurada bajo la luz de la eternidad. La contemplaba largamente, luego deslizaba la mirada hacia la otra esfera, lo bastante como para ver que en su interior caminábamos Kitty y yo con nuestros vestidos brillantes en nuestros esplendorosos jardines. No habíamos sufrido ninguna transfiguración, éramos como somos, no había nada extraño en nosotras. Toda la verdad sobre nosotras se veía en nuestra apariencia material. Chris exhalaba un profundo suspiro de placer y extendía la mano hacia la esfera en la que brillaba Margaret. Su mano cogía la otra y la estrellaba en mil pedazos contra el suelo. La sonrisa del viejo seguía siendo lasciva y benévola, continuaba sin interesarse más por mí que por la mujerzuela de brazos desnudos, y Chris estaba volcado por completo en la esfera que había elegido. Nadie lloraba por la destrucción de nuestro mundo...

Me revolví sobre las hojas secas como si realmente hubiera oído la destrucción de la esfera y grité: «Gilbert Anderson, Gilbert Anderson debe curarlo». Dios sabe que no tenía motivo para confiar en ningún médico, porque durante la última semana muchos de ellos, elegantes como focas, con sus cabellos y sus levitas pulcramente cepilladas, habían rodeado a Chris y lo habían examinado con la inconsecuente deliberación de un fontanero. Su mayor éxito había sido una inútil sesión de hipnosis. Chris se había sometido a ella como un hombre bondadoso se deja vendar los ojos en una fiesta infantil y, bajo su influencia, había recuperado su memoria y su personalidad de mediana edad, había hablado de Kitty con la ternura humorística del marido inglés y había mirado posesivamente a su alrededor. Pero a medida que su mente salía del control, puso en evidencia la patraña de que se trataba de un mero trastorno del proceso normal, despreciando ese saber y volviendo hacia ellos el muro en blanco, tanto más en blanco por ser inconsciente, de su decisión de no saber. Yo había aceptado que siempre sería así, pero en ese momento tenía una necesidad tan grande de deshacerme de mi desesperación, tan insoportablemente cargada de todas las delirantes imágenes en las que mi mente febril transmutaba los hechos de nuestra tragedia, que me invadió una fe urgente y sofocante en ese nuevo médico. Me levanté de un salto y me abrí paso a través de las zarzas hasta el seto que limitaba nuestro propio bosque con el coto en el que me encontraba, y lo hice sin aliento porque ya eran más de las cuatro y aún tenía que encontrar a Chris y a Margaret antes de la visita del médico, que iba a ser al cabo de media hora.

Durante la tarde se había producido un enfriamiento de la luz que provocó que los queridos y familiares bosques se volvieran frondosos y siniestros, tropicales. Los brotes brillantes como joyas sobre las ramas negras como el hollín y la distancia azul del valle, moteada aquí y allá por el esmalte rosado de los tejados de las villas, visto todo aquello entre las sinuosidades blancas y negras de los troncos de los abedules y los pilares grises luminosos de las hayas, herían mis ojos llorosos como la belleza bajo un sol ecuatorial. Había también una sensación tropical de peligro; caminaba con la misma aprensión que si hubiera una serpiente enroscada debajo de cada hoja, y es que temía toparme con ellos cuando él le estuviera hablando sin mirar o pensando en silencio mientras jugaba con su mano. Los abrazos no importaban, solo indicaban la voluntad de amar, y lo mismo podían ir seguidos de una derrota que de una victoria, pero la despreocupación implica que ya no hay que esforzar la mirada, ni estirar las manos, ni apretar los labios, porque se ha conseguido una unión en la que ya no se es consciente de la división de su carne. Sé que debe ser de esa manera; una vida solitaria me ha dado la oportunidad de pensar en esas cosas. No podría haber soportado cómo había logrado esa intimidad con esa mujer a la que de un súbito golpe de vista hacia abajo vi apoyada y con la espalda encorvada, apuntalada solo por aquel barato corsé, contra un abedul que un jardinero hábil había hecho maravillosamente recto y esbelto. Comparado con los nítidos colores del brillante bosque desnudo, su impermeable amarillo era como una mancha de barro, y cuando una rama muerta caía cerca de ella hacía un breve movimiento para esquivarla, como una gallina. Más que una persona, era una expresión de triste pobreza, como una puerta abierta en una casa miserable que deja salir el olor de la col cocida y los gritos de los niños. Sin duda, él estaba sentado en algún lugar cerca de ella, enormemente satisfecho. Pensé distraída en lo necesario que era que Gilbert Anderson lo curara e intenté llamarlo, pero los sollozos me cerraron la garganta, así que me abrí paso a través de los helechos y las zarzas y me puse a su altura, aunque aún me separaban algunos metros de tierra firme.

No fue una torpeza total no anticipar la belleza que vi. Nadie podría haberla previsto... Habían sacado la alfombra de paja del bote y la habían extendido sobre ese pequeño claro, creo que para contemplar una dispersión de prímulas tempranas sobre un estanque de anémonas blancas al pie de un roble. Ella había pasado sus terribles manos por la alfombra para que quedara lo bastante suave y cómoda para él, y finalmente él se había sentido somnoliento y se había echado de lado para dormir. Yacía allí con la tranquilidad de un niño dormido, con las manos abiertas y la cabeza hacia atrás, de modo que la garganta desnuda quedaba indefensa. Ahora que dormía y que su rostro no estaba ensombrecido por el pensamiento, se veía lo hermoso que era en realidad. Ella, con su rostro lúgubremente vigilante, sonrosado por la fría corriente de aire con la que avanzaba la tarde a través de la pantalla de helechos dorados y rojos, estaba sentada a su lado, observando sin más.

A menudo he visto a gente de ese modo en el parque que queda frente a las puertas de nuestra casa, en los días festivos. La mayoría de las veces, el hombre tiene un pañuelo sobre la cara para protegerse del sol y la mujer está en cuclillas a su lado y mira a través de la maleza para asegurarse de que los niños no se hacen daño mientras juegan. En ocasiones me ha parecido que había un significado en ello. Cuando se entra en la húmeda y olorosa frescura de una iglesia en un país católico y se ve a los fieles arrodillados, con el cuerpo inclinado con rigidez y desgana y, sin embargo, también con abandono, como si representaran la inevitable cesión de la voluntad hacia un propósito ajeno a ellos, o cuando bajo cualquier cielo se ve a una madre con su hijo en brazos, algo nos atraviesa el corazón como una espada y una se dice a sí misma: «Si la humanidad olvida estos gestos, se acabará el mundo». Pero las personas como yo, que no somos artistas, nunca estamos seguras de la gente que no conocemos. Así que no fue hasta ese momento, cuando lo vi en mis amigos, cuando fueron mi querido Chris y mi querida Margaret los que estaban así envueltos en una paz parecida a una esfera de cristal, que comprendí que aquello era verdaderamente significativo, que se trataba de la actitud más hermosa del mundo. Quería decir que la mujer había recogido el alma del hombre en la suya y la mantenía caliente en el amor y la paz para que su cuerpo pudiera descansar tranquilo durante un rato. Eso es algo grandioso para una mujer. Y sé que hay cosas al menos igual de grandes para las mujeres cuyos espíritus independientes son capaces de cabalgar sin miedo y con interés fuera del terreno del hogar de sus relaciones personales, pero la independencia no es la ocupación de la mayoría de nosotras. Lo que deseamos es una grandeza como la que permite el sueño al amado. Yo sabía que Chris dormía mal en Baldry Court, en aquella habitación de paredes pintadas de verde jade y la chimenea de lapislázuli, que había descubierto con sorpresa que era suya, en vez de la recordada pequeña estancia repleta de cañas de pescar. Pero yo no había podido hacer nada al respecto.

No era justo que mediante el ejercicio de una generosidad que parecía tan fortuita como una voz hermosa una mujer pudiera hacer cosas tan maravillosas por un hombre. Y es que el sueño era el menor de los dones que ella le daba. Lo que ella había logrado al llevarlo a ese círculo tranquilo y mágico alejado de nuestra vida, de la espléndida casa que no era tanto un hogar como un vasto espacio separado del universo y decorado en parte para la belleza y en parte para hacer más insolente nuestra privacidad, lo que había conseguido al alejarlo de ese jardín en el que las flores reflexionaban sobre cómo debían crecer y el bosque se volvía formal como un pasillo de columnas podadas, podía juzgarse por mi angustia al quedarme allí sola. En realidad, ella había sido generosa con todos nosotros, ya que con su presencia nuestras vidas habían entrado por fin en un patrón. Ella era el sobrio hilo cuyo entretejido en nuestras dispersas fastuosidades había logrado un diseño que de otro modo nunca habría aparecido. Tal vez hasta su torpeza formaba parte de su generosidad, ya que para encajar en el patrón a veces es necesario renunciar a algo de la propia belleza. Por eso, las mujeres como nosotras no llevamos vestidos tan evidentemente bonitos como las *cocottes* y nos ponemos prendas que, mediante algún leve descuido de sus posibilidades estéticas, proclaman que existen también otras cosas como el ahorro y la moderación y el cuidado del futuro. Y eso me hacía creer que en el empeño de Margaret de vivir en lugares en los que no había suficiente de nada, en su continua exposición a la suciedad de la vida miserable, había una deliberación inconsciente. La profunda cuestión interna que había llevado a Chris al olvido la había guiado a ella a la pobreza para que, cuando llegara el momento de reunirse con su amante, no hubiera ni una sola insinuación de la belleza de la carne que lo distrajera del mensaje de su alma. Contemplé ese acto supremo de sacrificio y resplandecí ante el regalo que me hacía también a mí. Mi descanso, aunque breve, era ahora sin sueños. Ya no veía el cuerpo de Chris pudriéndose en aquella textura marrón que es la tierra de nadie, ya no lo veía deslizarse suavemente por el parapeto hacia la trinchera, ya no oía voces que hablaban en el vacío: «Ayúdame, viejo, no tengo piernas...». «No puedo, viejo, no tengo manos...» No podían llevarlo de vuelta al ejército tal y como estaba. Esa misma mañana, en la biblioteca había alzado el rostro de espanto frente a las páginas de un libro de historia de la guerra.

—Jenny, no puede ser verdad..., ¿le hicieron *eso* a Bélgica? A esa gente tan curiosa, callada y tacaña...

Su conciencia de soldado estaba tan profundamente enterrada como el recuerdo de aquel horrible agosto. Mientras el hechizo de Margaret siguiera surtiendo efecto no podrían enviarlo de vuelta al infierno de la guerra. Esa maravillosa y amable mujer sostenía su cuerpo con tanta solidez como su alma.

Me sentía tan agradecida que no me quedó más remedio que sentarme en la alfombra de paja, junto a ella. Era una intrusión, pero quería estar a su lado. No parecía sorprendida cuando se volvió hacia mí con el ceño fruncido, sino que sonrió a través del feo flequillo de pelos errantes que la inclemencia del tiempo le había sacado de debajo del duro borde de su sombrero. Parte de su encanto consistía en que aceptaba las acciones, aunque no las entendiera.

En un momento dado se inclinó hacia mí por encima del cuerpo de Chris y susurró:

—No tiene frío. Le he puesto el abrigo en cuanto se le ha caído. Acabo de tocarle las manos y están más calientes que una tostada.

Si yo hubiera susurrado así, lo habría despertado.

Chris se revolvió al instante, buscó a tientas la mano de ella y se recostó con la mejilla contra la áspera palma de su mano. Para entonces ya se había despertado, pero le gustaba estar acostado así.

Al poco rato, ella apartó la mano y dijo:

—Levántate y ve a la casa a tomar un té caliente. Te vas a morir de frío aquí tumbado.

Él volvió a cogerle la mano. Resultaba evidente que, por algún motivo, el momento estaba impregnado de emoción para ambos.

Parecía que en ese pequeño claro se respiraba un aire más suave que en cualquier otro lugar del mundo. Me puse de pie con la espalda apoyada en un abedul y dije con negligencia, sabiendo ya que nada podía amenazarlos realmente:

—A las cuatro y media llega un médico que quiere veros a ambos.

El comentario no ensombreció su serenidad. Él sonrió hacia arriba, todavía tumbado de espaldas, y me saludó:

—Hola, Jenny.

Pero ella lo hizo levantarse y ayudarla a doblar la alfombra de paja.

—No está bien hacer esperar a un médico en estos tiempos —declaró—, están tan sobrecargados de trabajo, los pobres, desde la guerra...

Mientras abría el camino a través del bosque hacia la casa, la oí explicar su opinión con una anécdota ilustrativa sobre algo que le había ocurrido en el camino. Oí también que sus pasos se detenían un instante. Creo que sus ojos grises lo miraron con tanta dulzura que él se vio obligado a estrecharla entre sus brazos.

VI

Sentí —lo recuerdo con el pequeño gesto de satisfacción con que se recuerda cualquier tipo de premonición acertada, por mucho que su cumplimiento implique un desastre— que una mano helada se cerraba sobre mi corazón cuando doblamos la esquina de la casa y vimos al doctor Gilbert Anderson. Me sorprendió, para empezar, que su aspecto fuera tan poco médico. Era un hombre bajito, de ojos azules y parpadeantes, frente sonrojada y arrugada, un pequeño bigote gris que le daba el aire de un gato amable y un gusto vivaz por las corbatas moteadas. Carecía de esa mirada inapetente que suelen tener los médicos distinguidos. Era a la vez más cómico y sugería más poder que cualquier otro médico que yo hubiera visto, y esa diferencia se vio acentuada por su inesperada ocupación. Una pelota de tenis que había encontrado en alguna parte había despertado sus instintos deportivos, y estaba probando a qué distancia era posible patearla entre dos grandes piedras que había colocado juntas frente a los escalones de la casa. Fue su concentración a ese entretenimiento lo que explicó su reacción inicial de vergüenza.

—No había nadie por aquí y los profesionales respiramos tan poco aire fresco... —dijo con disimulo, sonándose la nariz con un pañuelo muy grande, de entre cuyos pliegues salió con perfecto aplomo—. Usted —le dijo a Chris con una ingenua adopción de tono detectivesco— es el paciente.

Volvió su mirada azul hacia mí, me miró bien y, al darse cuenta de que yo no importaba, se sacudió la impresión superflua como un perro que sale del agua. Se enfrentó luego a Margaret como si fuera la enfermera encargada del caso y le dedicó una pequeña y enérgica inclinación de cabeza.

—Y usted es la señora Grey. Querré hablar con usted más tarde. Mientras tanto, empezaré con este hombre. Volveré.

Indicó con un gesto de molinete que entrásemos en la casa y se marchó con Chris.

Margaret obedeció: pertenecía a esa clase de mujer que hace siempre lo que el médico le ordena, pero yo me demoré un momento para observar a ese singular especialista, para alejar mi presentimiento declarándolo impertinente, y desear, al ver que persistía, que como una sirvienta hubiera podido avisar porque «siempre pasaba algo en la casa». Luego, como la obediente figura en lo alto de la escalera temblaba bajo su pobre ropa a causa del viento creciente que pulía el final de aquella tarde hasta sacarle brillo, me apresuré a llevarla al vestíbulo. Permanecimos inquietas en la penumbra. Como de costumbre, los viejos y brillantes paneles parecían estar al tanto de todo lo que ocurría y ser conscientes de que eran más viejos y mejores que sus propietarios; la ninfa blanca se inclinaba sobre las oscuras aguas del cuenco y le recordaba a uno lo bonita, pulcra y agradable que solía ser la vida, la cretona cantaba su vieja y vulgar canción inglesa de las casas de campo. Margaret miró a su alrededor y dijo con una voz ligeramente aplanada por el abatimiento que era evidente que compartía conmigo:

—Es bonito tener todo lo que la gente puede desear, y todo en su sitio. Yo lo tuve en la posada de Monkey Island. No era tan grande como esto, por supuesto, pero nuestros visitantes siempre volvían una segunda vez.

De forma abstracta, pero con alegría, acarició el fino trabajo de la pata de la mesa.

Se oyó un ruido por encima de nosotras, como un revoloteo de palomas. Kitty bajaba las escaleras con un vestido de sarga blanco sobre el que se veían unas manos sonrosadas. Una mujer con unas manos tan bonitas no necesitaba llevar flores. Gracias a su disciplina, había conseguido reducir su dolor a un ligero oscurecimiento bajo los ojos, y en ese momento estaba radiante. Yo sabía que era porque iba a conocer a un hombre nuevo y anticipaba el brillo de la admiración en sus ojos. Sonreí, contrastando lo que seguramente era su previsión del doctor Anderson con la amable rotundidad que acabábamos de conocer. No es que hubiera cambiado nada si ella lo hubiera visto. Las mujeres hermosas de su clase pierden, solo en ese asunto de la admiración, su, por otra parte, tremendo sentido de la distinción de clase; son oscuramente conscientes de que su misión civilizadora consiste en exhibir la joya de su belleza ante todos los hombres, para que la deseen y la trabajen para lograr suficiente riqueza como para comprarla, y ser así seducidas por el apetito presente de cultivar la tierra al servicio del futuro. En realidad, hay sitio para todas nosotras, cada una tiene su utilidad peculiar.

—El doctor está ahí fuera, hablando con Chris —dije.

—Ah —resopló Kitty.

A pesar de que la ocasión era un poco sombría, me divertí con los rostros de esas dos mujeres, tan mutuamente atentos, de bellezas tan diferentes, uno de ellos como una superficie pulida que reflejaba la luz, como un espejo colgado frente a una ventana, y el otro como una lámpara manchada de humo por un uso descuidado, pero que aún emitía el brillo de un aceite encendido. Margaret sonreía asombrada ante aquella belleza, pero Kitty parecía enredada en un pensamiento.

—¿Cómo está usted, señora Grey? —dijo de repente, exhibiendo su cordialidad como se abre un abanico—. Ha sido muy amable al venir. ¿No quiere subir y quitarse sus cosas?

—No, gracias —respondió Margaret tímidamente—, tendré que irme muy pronto.

—Por favor, hágalo —suplicó Kitty con gracia.

Era, obviamente, que no deseaba que Margaret se encontrara con el especialista con aquella ropa horrible, pero no empeoré la situación explicando que ese desastre ya se había producido. En vez de eso, le dirigí a Margaret una expresión que indicaba que se trataba de un acto de hospitalidad cuyo rechazo nos resultaría doloroso, y a eso se plegó como yo sabía que lo haría. Me siguió muy lentamente escaleras arriba y a lo largo de los pasillos, como una niña que rema en un mar de verano, disfrutando de la sensación de la gruesa alfombra bajo los pies, mirando los cuadros de la pared y alargando de cuando en cuando un dedo para tocar un jarrón como si con ello hiciera más suya aquella belleza. Me daba cuenta de que su espíritu estaba tan profundamente preocupado por Chris como el mío, pero tenía tanta fe en la vida que conservaba serenidad suficiente como para disfrutar de la belleza que encontraba en la espera. Hasta su disfrute era indirectamente genérico. Cuando entró en mi habitación, la sacudida que hizo hacia atrás con la cabeza y aquel profundo «¡Oh!» me recordaron algo que había olvidado hacía mucho: lo finas que eran sus proporciones, lo inteligente del arco acanalado sobre la ventana, lo parecidas al cielo de la tarde que eran mis cortinas azules...

—Y qué cosas tan bonitas tiene en su tocador

—comentó—. Debe de tener usted muy buen gusto.

¡La caridad convertía mi riqueza en una virtud! Mientras la ayudaba a quitarse la gabardina, y pensaba que a Kitty no le iba a hacer ninguna gracia cuando viera que quedaba al descubierto una blusa púrpura de un material llamado *moirette* que las sirvientas usaban para las enaguas, expresó en voz baja las alabanzas de Kitty.

—Sé que no debería hacer comentarios personales, pero la señora Baldry es preciosa. Tiene tres lunares en el cuello. Yo solo tengo dos.

Era una traición conmovedora que poseyera ese conocimiento íntimo de su propia persona que tienen las mujeres que han sido amadas. Ni por asomo podría haberle dicho cuántos lunares tenía yo alrededor del cuello. Claramente a disgusto consigo misma en medio de todas esas cosas delicadas, dijo con timidez:

—Por favor, me gustaría arreglarme el pelo.

Así que acerqué el sillón al tocador y me apoyé en su respaldo mientras ella, sentada tímidamente en el borde, deshacía sus dos largas trenzas, tan gruesas y sin brillo.

—Tiene un pelo precioso —le dije.

—Lo tuve —se lamentó—, pero estos últimos años me he dejado llevar.

Intentó alisar a medias los mechones que se le caían en las sienes, pero enseguida dejó el cepillo y chasqueó la lengua contra los dientes:

—¡Tch! Espero que ese hombre no esté inquietando a Chris...

Aún no estaba lista, así que fui al otro lado de la habitación para dejar su sombrero en una silla y me quedé un instante acariciando sus plumas y preguntándome si no se podía hacer nada con él. Pero era, como dicen los cirujanos, un caso inoperable, así que me limité a contemplarlo y a desear haber impedido que ese médico interpusiera su gordura entre Chris y Margaret, alguien que desde aquella tarde me parecía no solo una mujer a la que era bueno amar, sino algo parecido a una santa patrona para un católico, una intercesora cuya bondad solo puede verse interrumpida por alguna decisión especial e increíblemente maliciosa de una Fuerza Suprema. Estaba con los ojos cerrados y acariciando de manera distraída aquel sombrero que era el emblema de su martirio, pensando en ella como si se tratara de una oración, cuando oí un grito agudo. Que gritara de ese modo, ella, cuya esencia era un silencio paciente... Me volví enseguida.

Estaba de pie y tenía en la mano la fotografía de Oliver que estaba sobre mi tocador. Era su última fotografía, tomada justo una semana antes de morir.

—¿Quién es?

—El único hijo que tuvo Chris. Murió hace cinco años.

—¿Hace cinco años?

¿Por qué le importaría tanto la fecha?, pensé yo.

—Sí.

—Mi Dick murió hace cinco años —dijo abriendo mucho los ojos—. ¿Cuántos años tenía?

—Solo dos.

—Mi Dick también tenía dos... —Ambas respirábamos con dificultad—. ¿De qué murió?

—Nunca lo supimos. Era un niño precioso, pero delicado desde su nacimiento. Al final se desvaneció con el menor resfriado.

—También mi Dick. Un catarro. Pensamos que se levantaría por la mañana y simplemente...

Su horrible gesto de arrepentimiento se paralizó de pronto. Parecía estar luchando por descubrir algo.

—Es... es... —tartamudeó— como si cada uno tuviera media vida...

Sentí el instinto habitual de pensar en ella como una enferma, porque resultaba evidente la interpretación mística de la vida que la sostenía, pero Margaret ya me había enseñado algunas cosas, así que me hice a un lado mientras ella se ponía de rodillas y me pregunté por qué no miraba la fotografía del niño, sino que la apretaba contra su pecho como si quisiera curar una herida. Pensé, como ya había hecho otras veces, que las personas que no tenemos hijos somos las que más nos alegramos de ellos, porque para nosotras no son más que fragmentos de inocencia más bonitos que las flores y con un gran poder sobre el corazón, mientras que para las madres son como cables de carne que las atan a sentimientos tan profundos como la espantosa agonía que ahora poseía a Margaret. Aunque sabía que yo la habría aceptado también con decisión, porque era la consecuencia de la intimidad con Chris, su espantosa sensación me horrorizaba. No solo hizo que me doliera el cuerpo de compasión, sino que sentí que el suelo temblaba bajo mis pies. El hecho de que su serenidad, que un momento antes me había parecido tan firme como la tierra y envolvente como el cielo, se desvaneciera de forma tan absoluta me hizo ser consciente de que en los últimos tiempos había subestimado la crueldad del orden de las cosas. Los amantes se veían frustrados, no se engendraban niños que deberían haber disfrutado de la vida más hermosa imaginable, y los pálidos usurpadores de su nacimiento morían jóvenes. Un mundo así no permitiría que perduraran los círculos mágicos.

La criada llamó a la puerta.

—La señora Baldry y el doctor Anderson están esperando en el salón, señora.

Margaret retomó su majestuosidad y acercó su rostro blanco al cristal mientras se recogía las trenzas.

—Sabía que había algo —gimió, y puso las horquillas en su sitio.

No dijo nada más, pero el lento gesto con el que, cuando estábamos a punto de salir de la habitación, puso su mano sobre la fotografía del niño me convenció de que no íbamos a salir victoriosas.

Cuando entramos en el salón encontramos al doctor Anderson, regordete y locuaz, balanceándose sobre las puntas de sus pies frente a la chimenea y disfrutando de la caricia del fuego en sus pantorrillas, mientras que Kitty, contra el marco oscuro de su silla de roble como un capullo de rosa blanca aún demasiado inocente para florecer, escuchaba con esa ligera reserva habitual en las mujeres hermosas.

—Un caso de amnesia de libro —dijo mientras Margaret se sentaba junto a la ventana con los labios blancos, pero menos tímida de lo que nunca la había visto, y yo me hundía en el sofá—. Su yo inconsciente se niega a permitirle reanudar sus relaciones con su vida habitual, de ahí la pérdida de memoria.

—Siempre he dicho —declaró Kitty con aire de sensatez— que si él hiciera un esfuerzo...

—¡Esfuerzo! —exclamó el doctor sacudiendo su redonda cabeza—. La vida mental que puede controlarse mediante el esfuerzo no es la que nos importa aquí. De jóvenes se les ha llenado la cabeza con una cosa llamada autocontrol, una especie de criada del alma que dice: «Se acabó el tiempo, señores» o «Ya han tenido bastante». No existe tal cosa. En todos nosotros hay un yo profundo, un yo esencial, que tiene sus deseos. Y cuando esos deseos son reprimidos por el yo superficial, el yo que hace, como usted dice, esfuerzos y que generalmente los ejecuta con la única finalidad de quedar bien ante las visitas, el otro se venga y envía una obsesión a la casa de la conducta erigida por el yo superficial, bajo una forma que, debido a un giro que le da el yo superficial, que no es para nada inocente, no parece guardar ninguna relación con el deseo reprimido. Un hombre que en realidad quiere dejar a su mujer desarrolla un odio por las coles en escabeche que puede acabar generando actuaciones que lo lleven directamente al manicomio. Pero eso no son más que cuestiones técnicas —concluyó—. Entenderlo es mi obligación, no la suya. El caso es que la obsesión del señor Baldry es que no puede recordar los últimos años de su vida. Veamos —sus ojos azules parpadeantes nos arrastraron a todas a una comunidad que apenas sentíamos—, ¿cuál es el deseo reprimido tras esa manifestación?

—No deseaba nada —dijo Kitty—. Nos quería y tenía mucho dinero.

—¡Ah, pero sí lo hacía! —replicó el doctor con tono alegre, parecía estar disfrutando de todo aquello—. Obviamente ha olvidado su vida en este lugar porque estaba descontento con ella. ¿Qué prueba más evidente necesita usted que el hecho de que, cuando han llegado estas señoras, me estaba usted diciendo que la razón por la que la Oficina de Guerra no le envió un telegrama cuando lo hirieron fue que había olvidado registrar su dirección? ¿Acaso no ve lo que eso significa?

—Se olvidó de hacerlo —respondió Kitty encogiéndose de hombros—, no es un hombre práctico.

Siempre había alimentado la duda de si Chris era realmente, como ella decía, un hombre práctico; sus ingresos y su reputación internacional no pesaban nada frente a su evidente incapacidad para comprar en las rebajas.

—Solo se olvida lo que se quiere olvidar. A nosotros nos corresponde averiguar ahora por qué quería olvidar esta vida.

—Recuerda bastante bien cuando está hipnotizado —dijo ella resistiéndose. Había dejado de brillar.

—El hipnotismo no es más que un truco estúpido. Libera la memoria de una personalidad disociada que no puede relacionarse con la personalidad despierta, no sirve de nada en un caso tan obstinado como este. Lo haré hablando con él. Haciendo que me cuente sus sueños. —Se sonrió ante la perspectiva—. Pero usted... sería de gran ayuda si pudiera darme alguna pista sobre ese malestar.

—Le repito —dijo Kitty— que no estaba descontento hasta que se volvió loco.

Él captó por fin el destello de su creciente malhumor.

—Entiendo —dijo—. La locura no es una acusación contra la gente con la que uno vive, sino contra los elevados dioses. Si hubo algo, es evidente que no fue culpa suya.

Lo endulzó luego con una sonrisa y, como era consciente de que donde era necesario adular no le resultaba fácil diseccionar, se volvió hacia mi persona, en quien el aspecto general sugería que la adulación no formaba parte de mi dieta diaria.

—Usted, señorita Baldry, es la que lo conoce desde hace más tiempo...

—Nada y todo estaba mal —dije al fin—. Siempre lo he sentido así...

Un brusco movimiento del cuerpo de Kitty confirmó mi profunda y vieja sospecha de que me odiaba. El médico se remontó más allá de lo que yo creía.

—¿Cómo es su relación con su padre y su madre?

—Su padre era viejo cuando él nació y siempre estuvo un poco celoso de él. Su madre era distinta. Habría preferido un hijo estúpido, que se hubiera conformado con ir de caza.

Él hizo un comentario en voz muy baja, como un cazador que pone una trampa.

—Se entregó, entonces, al sexo con una necesidad peculiar.

Fue Margaret quien habló, arrastrando los pies bajo su silla.

—Sí, siempre fue muy fogoso.

Nos quedamos boquiabiertas ante ella, que decía aquello de nuestro espléndido Chris, y vi que ya no era como antes. Tenía una franqueza al hablar, una mirada fija, que parecía un frenesí.

—Doctor —dijo con su voz suave y áspera—, ¿de qué sirve hablar? Usted no puede curarlo. —Se mordió el labio inferior con los dientes y luchó para evitar las lágrimas—. Hacerlo feliz, quiero decir. Todo lo que puede hacer es convertirlo en alguien normal.

—Le concedo que eso es todo lo que hago —dijo él. Curiosamente, parecía experimentar el alivio que se siente al encontrarse con un igual intelectual—. Mi profesión consiste en llevar a la gente de distintos espacios periféricos de la mente a la normalidad. Al parecer, hay un sentimiento generalizado de que ese es el lugar en el que deberían estar. A veces yo mismo no veo la urgencia.

Ella continuó sin alegría:

—Sé cómo podría traerlo de vuelta. Un recuerdo tan fuerte que lo haría recordar todo lo demás..., a pesar de su malestar.

El hombrecito había perdido en un instante su alegre seguridad, su conocimiento de los caminos del alma.

—Bueno, estoy dispuesto a aprender.

—Recuérdele al niño —dijo Margaret.

El doctor dejó de equilibrarse repentinamente sobre las puntas de los pies.

—¿Qué niño?

—Tuvieron un niño.

Miró a Kitty.

—No me había contado nada de eso.

—No creí que importara —respondió ella, y se

estremeció y pareció fría como le ocurría siempre que recordaba su único contacto con la muerte—. Murió hace cinco años.

Él echó la cabeza hacia atrás, miró la cornisa y dijo con la suave malignidad de alguien inteligente que trata con personas lentas:

—Esos descontentos sutiles suelen ser los más difíciles de tratar. —Se volvió bruscamente hacia Margaret—: ¿Cómo se lo recordaría?

—Llévele algo que perteneció al niño, algún juguete con el que soliera jugar.

Sus miradas se encontraron sabiamente.

—Tendría que ser usted quien lo hiciera.

Margaret asintió con el rostro.

—No lo entiendo —dijo Kitty—. ¿Por qué importa tanto?

Lo repitió dos veces antes de romper el silencio que la sabiduría de Margaret había provocado. Entonces el doctor Anderson, haciendo sonar las llaves en los bolsillos de su pantalón e hinchándose rojo e inquieto, respondió:

—No sé por qué. Pero así es.

La voz de Kitty se elevó con satisfacción:

—Entonces es muy sencillo. La señora Grey puede hacerlo ahora mismo. Jenny, lleva a la señora Grey a la habitación del niño. Hay muchas cosas allí arriba.

Margaret no hizo ningún movimiento, sino que siguió sentada con sus pesadas botas apoyadas sobre las plantas. El doctor Anderson buscó el rostro de Kitty, exclamó «¡En fin!» y se arrojó en un sillón tan bruscamente que crujieron los resortes.

Margaret sonrió y se volvió hacia mí:

—Sí, lléveme a la habitación del niño, por favor.

Pero mientras subía junto a ella las escaleras, supe que aquella complacencia no implicaba que estuviera perdiendo su nueva y férrea severidad. Hasta la respiración que oía mientras me inclinaba a su lado en la puerta de la habitación del niño y metía la llave en la cerradura parecía provenir de un cuerpo diferente y más duro que el suyo anterior. No me extrañó que se sintiera desolada, ya que dentro de unos instantes iba a tener que decir las palabras que acabarían con toda su felicidad, que destruirían todos los dones que su generosidad había acumulado con tanto esfuerzo. Pero, en fin, ese es el tipo de cosas que una tiene que hacer en esta vida.

Y sin embargo, apenas se abrió la puerta y vio el espacio vacío y soleado en el que nadaban todas aquellas motas de polvo, su antigua dulzura volvió a florecer. Avanzó lentamente, temblorosa y sensible y complacida, como si la belleza de la habitación fuera un regalo para ella; extendió las manos hacia las claras paredes de zafiro y el brillante fresco de pájaros y animales con un deleite juvenil. Pensé que ese es el aspecto que podría tener una novia que pasea por el hogar que su marido le ha preparado en secreto. Sin embargo, cuando llegó a la chimenea y se detuvo con las manos a la espalda frente al parachispas, observando a su alrededor todos los exquisitos artefactos que había en nuestro cuarto de niños para asegurar la salud y la diversión de nuestro reacio pequeño visitante, resultó tan evidente que Margaret había sido madre que no pude imaginar cómo no lo había sabido en todo momento. Algunos pintores que se han mantenido lo bastante cerca de la Tierra como para tener una visión celestial han pintado cuadros de la Asunción de la Santísima Virgen que muestran en efecto a ciertas mujeres que pudieron traer a Dios al mundo mediante la pasión de su maternidad. «Que haya vida», parecen gritar esos cuerpos suspendidos ante el universo que las rodea, y las mismas nubes bajo sus pies se transforman en querubines. Mientras Margaret permanecía allí, con las palmas de las manos apretadas bajo la barbilla y una sonrisa ciega en el rostro, tenía ese mismo aspecto.

—¡Qué habitación más bonita! —exclamó—. Pero ¿dónde está la cuna?

—No está aquí. Esta es la habitación de día. La de noche no la hemos conservado. Ahora es solo un dormitorio.

Sus ojos brillaron al pensar en la consentida infancia que había tenido.

—Yo no me pude permitir tener dos habitaciones. Es una gran diferencia para los pequeños. —Se quedó un rato mirando por encima de mí mientras yo abría la otomana y rebuscaba entre la ropa de Oliver—. ¡Ah, qué bonitos vestidos! ¿Los hizo ella? Bueno, claro, apenas tendría tiempo, con esta casa tan grande que atender, pero no me importan mucho los vestidos de bebé. Los propios bebés no son más felices por ello. Son solo para mostrar.

Se acercó al caballo balancín y dio un paseo a un niño fantasma. Durante un buen rato tarareó una canción sin ton ni son bajo la luz del sol y se refugió en algún sueño maternal.

—Era demasiado pequeño para este juguete —dijo—. Se lo debió de regalar su padre... Lo sabía. Los hombres siempre hacen regalos por encima de su edad. Tienen demasiada prisa por que crezcan. A nosotras nos gusta que se tomen su tiempo, los angelitos. Pero ¿dónde está su ferrocarril? ¿No le gustaban los trenes? Por supuesto, nunca los vio. Estamos demasiado lejos de la estación de tren. ¡Qué lástima! Le habrían encantado. Dick se ponía muy contento cuando paraba su cochecito en el puente del ferrocarril al volver de las tiendas y él podía sentarse y ver pasar los trenes.

Su angustia por el hecho de que Oliver se hubiera perdido ese humilde placer la ensombreció durante un minuto.

—¿Por qué murió? ¿Se lo forzó demasiado? ¿Le enseñaron las letras demasiado pronto?

—Oh, no —dije. No encontraba las prendas

que buscaba—. Lo único que agotaba su pequeño cerebro eran las oraciones que le enseñaba su niñera escocesa, y tampoco se preocupaba mucho por ellas. Decía «Jesús, dulce *tractor*», en vez de «Jesús, dulce *pastor*», como si así le gustara más...

—¿Decía eso en serio? ¡Las cosas que dicen! Tenía una niñera escocesa. Dicen que son muy buenas. He leído en los periódicos que la reina de España tiene una.

Había regresado a la chimenea y jugaba con los juguetes de la repisa. Era extraño que no mostrara ningún interés en mi búsqueda de la prenda más emblemática. Una vivacidad que brillaba por encima de su fuerza empapada en lágrimas, como una bola de fuego de San Telmo en el mástil de un robusto barco, me hizo darme cuenta de que seguía siendo una persona extraña.

—¡Qué juguetes tenía! Seguro que la niñera no lo dejaba cogerlos todos a la vez. Seguro que lo alzaba y le decía: «¡Bebé, debes elegir!», y él decía: «¡Osito, por favor, Nana!», y movía la cabeza a cada palabra.

Al fin lo encontré. Deseé, de la manera más extraña, no haberlo hecho. Pero, por supuesto, tenía que ser así.

—Eso es justo lo que hacía.

Al acariciar la piel suave del perrito mecánico, su rostro se crispó.

—Pensé que tal vez mi bebé me había dejado porque no podía darle muchas cosas. Pero si un bebé pudiera dejar todo esto... —exclamó con rotundidad, como si su repetición constante durante muchas noches lo hubiera convertido en una reacción tan instintiva al sufrimiento como un gemido—. ¡Quiero un niño! ¡Quiero un niño! —Sus brazos invocaban la vida que se había perdido en esa habitación—. Todo ha salido tan mal —se lamentó, y su voz se redujo a un solemne susurro—. Cada uno de ellos ha tenido solo la mitad de una vida...

Tuve que tranquilizarla. No era conveniente que viera a Chris y lo sobresaltara, no solo con sus noticias, sino también con su angustia. Me levanté y le llevé las cosas que había encontrado en la otomana y el armario de los juguetes.

—Creo que estas son las mejores cosas para llevar. Este es uno de los jerséis azules que usaba. Esta es la pelota roja con la que solía jugar con su padre en el jardín.

Su hambre extrema de aquel niño muerto se transformó en ternura por el niño vivo. Miró melancólicamente lo que le llevaba y luego apoyó una mano amable en mi brazo.

—Pobrecita, ha elegido las cosas que Chris recordaría.

Me di cuenta de que de ella podía aceptar hasta la compasión.

Sostuvo con cuidado el jersey y la pelota, los pasó de una mano a otra y se los acercó a la cara.

—Creo que ya sé el tipo de niño que era. Todo

un hombre desde el primer momento. —Los besó, dobló el jersey y lo colocó bajo el balón sobre la otomana, luego los miró con ojos llorosos—. Ya está, puede volver a ponerlos en su sitio. Eso es todo lo que quería. Lo que había venido a buscar aquí.

Me la quedé mirando.

—Lo necesitaba para acercarme yo al hijo de Chris —explicó—. ¿Pensó que quería llevárselos a él? —Se retorció las manos, su débil voz tembló ante la severidad de su resolución—. ¿Cómo podría hacer eso?

Le cogí las manos.

—¿Para qué hacerlo regresar? —pregunté.

Debería haber sabido que aún había esperanza en ella. Su mente morosa estaba tomando velocidad.

—O yo no debería haber venido nunca o usted debería dejarlo estar —gimió. No discutía conmigo, sino con todo el hostil mundo razonable—. No estaba segura de si debía venir la segunda vez —añadió—, ya que los dos estábamos casados. Recé y leí la Biblia, pero no obtuve ninguna respuesta. No se nota lo poco que hay en la Biblia hasta que se acude a ella en busca de ayuda. Pero he vivido una vida dura y siempre he hecho lo mejor para William, y sé que nada en el mundo importa tanto como la felicidad. Si alguien es feliz hay que dejarle serlo. Por eso vine de nuevo. Déjelo estar. Si supiera lo feliz que era paseando por el jardín. A los hombres les encanta el jardín. Podría seguir así. Podría seguir tan fácilmente —dijo, pero había algo de duda en su voz; no solo me suplicaba a mí, sino también al destino—. Usted no permitiría que se lo llevaran al manicomio. No me impediría venir a verlo. La otra quizá sí, pero usted se encargaría de que no lo hiciera. Oh, déjelo estar... Piénselo así. —Hacía gestos explicativos como los que había visto hacer a los cocheros sobre sus tazas de té en un refugio—. Si mi hijo hubiera sido un lisiado, no estoy diciendo que lo fuera, tenía los miembros más hermosos, pero si lo hubiera sido y los médicos me hubiesen dicho: «Le enderezaremos las piernas, pero le dolerán el resto de su vida», no habría dejado que lo tocaran... Me pareció que tenía que decirle que conocía una manera de curarlo. Supongo que habría sido una picardía quedarme allí sentada y no decírselo. Se lo dije de todos modos. Pero ¡ah, no puedo hacerlo! ¡Salga y ponga fin a la felicidad del pobre amor! Después de lo que ha pasado Chris, de la guerra y todo lo demás. ¡Y luego tendrá que volver allí! ¡No puedo! No puedo.

Tuve una exaltada sensación de tranquilidad. Todo iba a salir bien. Chris disfrutaría para siempre de su juventud y su amor. Su felicidad tendría esa finalidad que normalmente solo corresponde a la pérdida y la desgracia, sería tan feliz como lo es un anillo arrojado al mar, un hombre cuyo ataúd permanece durante siglos bajo el prado. Sin embargo, Margaret siguió hablando y me irritó que pensara que el asunto no estaba zanjado:

—No debería hacerlo, ¿verdad?

—Por supuesto que no. ¡Por supuesto que no! —grité con fuerza, pero el interés se extinguió en sus ojos.

Miró por encima de mi hombro hacia la puerta abierta, donde estaba Kitty. El aplomo de la cabeza de Kitty había perdido su orgullo, las sombras bajo sus ojos ya eran negras como las marcas de un golpe, y toda su belleza había desaparecido en una expresión de dolor. Sostenía en los brazos a su perro pekinés, una mascota antes preciada que había caído en desgracia y que ahora solo lloriqueaba por los pasillos en busca de un poco de afecto a cualquiera que pasara por allí. Se estiraba con su color marrón pardo sobre su vestido blanco, retorciéndose de alegría ante aquel abrazo tan poco habitual. Que al final se hubiera agachado para levantar al solitario perrito era una muestra de su profunda infelicidad. No sé por qué había subido ni por qué su rostro se frunció con un gesto de llanto al mirarnos. No podía tener la menor idea de nuestra decisión, pues era incapaz de concebir que tomáramos otro camino que no fuera el que evidentemente la beneficiaba. Era solo que odiaba ver a esa extraña y fea mujer entre sus cosas. Se tragó las lágrimas y siguió adelante, vagando por los pasillos, como su perro.

Ahora bien, ¿cómo es que Kitty, que era la cosa

más falsa del mundo y estaba siempre en sintonía con todo tipo de falsedad, era capaz de recordarnos la realidad con su mero sufrimiento? ¿Por qué me mostraban sus lágrimas lo que yo había aprendido hacía tiempo pero que había olvidado en mi frenesí amoroso, que hay una copa de la que debemos beber si queremos ser plenamente humanos? Yo sabía que hay que conocer la verdad. Sabía muy bien que cuando se es adulta hay que llevar a los labios el vino de la verdad, ignorando que no es dulce como la leche pero atrae los labios con su poder, y celebrar la comunión con la realidad, o bien caminar para siempre extraña y empequeñecida como una enana. La sed de ese sacramento había hecho que Chris apartara la copa de mentiras sobre la vida que le habían tendido las blancas manos de Kitty y se volviera a Margaret con ese gran gesto confiado de su pérdida de memoria. Y, ayudada por mí, Margaret había olvidado que la primera preocupación del amor es salvaguardar la dignidad de la persona amada, para que ni Dios en sus cielos ni el niño que se asoma entre los arbustos encuentren nunca un motivo de desprecio, y le había entregado el trivial juguete de la felicidad. Habíamos sido negligentes con su futuro, sacrílegamente descuidadas con la esencia divina de su alma. Y es que, si lo dejábamos en su círculo mágico, llegaría un momento en que su ilusión se convertiría en idiotez senil, su alegría al ver a Margaret repugnaría a la carne porque su sonrisa se aflojaría con la edad, nuestra mirada ya no lo acompañaría como una caricia cuando bajara a buscar las primeras prímulas en el bosque, sino que revolotearían aquí y allá a la defensiva para comprobar que nadie se fijaba en aquel anciano tembloroso. Los guardabosques hablarían amablemente con él y lo saludarían con un golpecito en la frente cuando pasara por el bosque, los visitantes serían cautos y le darían un poco de charla. Él, que era como una bandera ondeando en nuestra torre, se convertiría en una extraña mancha excéntrica en mitad del campo, la música majestuosa de su ser se convertiría en un estúpido canturreo entre los arbustos. Dejaría de ser un hombre.

No sabía cómo podía penetrar en la sencillez de Margaret con esa última y cruel sutileza, y me volví hacia ella titubeante. Pero ella dijo:

—Deme el jersey y la pelota.

La rebeldía había desaparecido de su mirada y volvía a ser el centro de toda la amable sabiduría.

—La verdad es la verdad —dijo—, y él tiene que saberla.

La miré, boquiabierta aunque no completamente asombrada, pues siempre había sabido que era incapaz de abandonar su trono de rectitud por mucho tiempo, y ella repitió: «La verdad es la verdad», sonriendo con tristeza ante el extraño orden de este mundo.

Nos besamos, no como las mujeres, sino como los amantes; creo que cada una de nosotras se abrazó a la parte de Chris que la otra había absorbido con su amor. Cogió el jersey y el balón y los abrazó como si se tratara de un niño. Cuando llegó a la puerta se detuvo y se apoyó en el marco. Echó la cabeza hacia atrás, cerró los ojos y su boca se contrajo como si bebiera un trago amargo.

Me tumbé bocabajo en la otomana y al instante oí sus pobres botas alejarse chirriando por el pasillo. Para atravesar aquella sensación de fatalidad que llenaba la habitación como un olor, me refugié en el pensamiento de Chris. En el profundo aturdimiento de la devoción que siguió al recuerdo de su hermosa mejilla, la piel quemada hasta el borde de sus ojos grises, su masculinidad áspera y tímida, me reconfortó recordar que había en él una elegancia física que, incluso cuando había ocurrido lo peor, a ratos saltaba hacia la alegría de vivir. Siempre, hasta el final, cuando el sol brillaba en su rostro o su caballo saltaba las vallas, entornaba los ojos y sonreía con una pequeña sonrisa de labios fruncidos. Yo sentía un ligero entusiasmo ante ese gesto.

«Tenemos que ir a montar mucho», planeé. Y entonces los tacones de Kitty golpearon el suelo pulido y su falda se agitó al sentarse en el sillón. Me angustió la sensación, más fastidiosa que una luz parpadeante, de la inquietud ajena.

—Ojalá se dé prisa —dijo—. Tiene que hacerlo más tarde o más temprano.

Mi alma estaba sumida en el horror. Ahí fuera

estaba Margaret rompiendo su corazón y el de ella, empleando las palabras como un martillo, aparentando sabiduría, haciéndolo tan bien.

—¿No van a volver? —preguntó Kitty—. Me gustaría que miraras.

No había nada en el jardín. Solo una fila de pájaros que nadaba en el lago que se extendía con su luz verde antes de la puesta de sol.

Al cabo de un rato, Kitty habló de nuevo.

—Jenny, vuelve a mirar.

El crepúsculo había caído y era una nostalgia de la tierra. Bajo las ramas de los cedros vi vagamente una figura femenina que sostenía algo en sus brazos. Ya casi se había disuelto en las sombras, un momento y ya formaría parte de la noche. De espaldas a esa felicidad que se desvanecía, Chris cruzó el prado. Miraba, inclinando el ceño, la casa que se extendía como si fuera un lugar odiado al que, contra todo deseo, los negocios obligaban a regresar. Se hizo a un lado para evitar una mancha de luz que proyectaba una ventana iluminada en la hierba; las luces en nuestra casa eran peores que la oscuridad, el afecto peor que el odio en otros lugares. Tenía una sonrisa horriblemente amable y yo sabía cómo se alzaría su voz con decisión cuando nos saludara. No caminaba con las extremidades sueltas como un niño, como había hecho aquella misma tarde, sino con la dura pisada del soldado sobre el talón. Me recordó que, por malas que fuéramos, no éramos la peor circunstancia de su regreso.

Cuando hubiéramos alzado el yugo de nuestros abrazos, volvería a esa trinchera inundada de Flandes, bajo ese cielo más lleno de muerte que de nubes, a esa tierra de nadie donde las balas caen como la lluvia sobre los rostros descompuestos de los muertos...

—Jenny, ¿están ahí?

—Sí, ahí están los dos.

—¿Y él vuelve?

—Sí, él vuelve.

—¡Jenny, Jenny! ¿Qué aspecto tiene?

—Oh... ¿Cómo podría decirlo? Parece un soldado hasta la médula.

Se acercó por detrás de mí hasta la ventana, miró por encima de mi hombro y lo vio.

La oí suspirar con satisfacción.

—¡Está curado! —susurró lentamente—. ¡Está curado!

EPÍLOGO
POR JOSÉ MARÍA GUELBENZU

Cicely Isabel Fairfield nació a finales de 1892 en Londres y en esa misma ciudad murió en marzo de 1983. Su *nom de guerre* literario procede de su época de actriz y del personaje de un drama de Ibsen que ella había interpretado. A partir de 1911 se dedica al periodismo, en el que destaca, además de por sus posiciones izquierdistas, por su firme defensa del sufragismo. Cinco años más tarde publicaría con toda audacia una biografía de Henry James que, en cierto modo, da pie a su carrera literaria, que comenzaría seis años después con la publicación de su primera novela. La fama, sin embargo, le llega a partir de un ya legendario libro de viajes por la antigua Yugoslavia *(Oveja negra, halcón gris)* y por sus extraordinarios reportajes sobre el Proceso de Núremberg, reunidos en el libro *Un reguero de pólvora.* Fue una brillante periodista, ensayista y novelista.

En un par de libros se enfrentó a un tema que la apasionaba: el papel del traidor en la sociedad contemporánea, incluyendo en esta figura la responsabilidad del intelectual y del científico. Escribió varias novelas con desigual fortuna, tuvo amores desastrosos que duraron diez años con H. G. Wells, de los cuales nació su hijo Anthony West. Recibió el nombramiento de Dame en el año 1959.

Por lo general, una obra maestra es fruto de la dedicación de un autor y crece entre otras obras excepcionales del mismo que, aunque a menudo no lleguen a su altura, se agrupan en torno a ella con parecido brillo. Lo que no es tan normal es que un autor escriba una pieza literaria soberbia e incontestable y que esta quede aislada del resto de su obra narrativa debido a su profunda y auténtica singularidad. Es el caso de Rebecca West con *El regreso del soldado*, una novela corta absolutamente excepcional, una obra maestra impecable, a la que sigue con muy alta calidad su también reconocida trilogía de los Aubrey, de contenido autobiográfico.

El regreso del soldado se apoya en una sencilla anécdota: la vuelta a casa de Chris Baldry, herido en el frente en el curso de la Primera Guerra Mundial. Baldry está casado con una hermosa y educada joven de buena familia, Kitty. En la casa del matrimonio vive, además, Jenny, la prima de Chris, recogida por ellos debido a sus escasos recursos. Los Baldry son gente distinguida y adinerada, y la ausencia de Chris, alistado con el ejército británico, se vive por las dos jóvenes con una mezcla de temor y tranquilidad ajena a la realidad del drama que se representaba en aquellos momentos en Europa. Así lo siente Jenny, más sensible y receptiva que Kitty, en un bello y soleado día en Baldry Court: «Desdeñando el interés nacional y todo lo que no tuviera que ver con el afilado y punzante impulso de nuestros corazones, deseaba arrebatar a mi primo Christopher de la guerra y encerrarlo en esa verde placidez que ahora contemplábamos su esposa y yo».

De pronto, como la desagradable e inoportuna aparición de una rasgadura en una bella cortina de la casa, la llegada de una mujer ordinaria y confusa en Baldry Court trae consigo una noticia extraordinaria: la de que Chris se encuentra herido y enfermo en un hospital de Francia; pero lo extraordinario de la noticia es que esta llega en forma de telegrama a manos de alguien ajeno por completo a la familia. El hecho de que Chris se haya dirigido a esta mujer, de evidente clase baja, gastada por la edad y carente de gracia alguna, antes que a su propia casa, deja estupefactas a Kitty y Jenny, al extremo de hacer exclamar severamente irritada a la primera cuando se comprueba que, en efecto, el telegrama ha sido cursado a quien ha llegado: «Si fue capaz de enviar un telegrama así es que ya no nos pertenece». Al día siguiente, una carta de un pariente confirma la veracidad de la noticia.

También se sabe que, con el telegrama a la mujer, de nombre Margaret, llegó una carta que ella no quiere mostrar a la esposa de Chris. Finalmente, la verdad se impone: de una parte, es cierto que Chris se encuentra herido; de otra, no es menos cierto que, recobrada la conciencia, a quien él dirige la noticia de su estado no es a su esposa ni a su prima sino a Margaret; por último, conoceremos que el shock traumático que acompaña a la herida le ha causado una pérdida de memoria reciente, de manera que no reconoce a su esposa y a Jenny solo la recuerda como la prima de su infancia y adolescencia.

Toda obra maestra se fundamenta en una decisión genial del autor que es la que conduce e imprime carácter al relato. En este caso, el acierto de Rebecca West es la elección del narrador, que recae en Jenny. Al comienzo de la obra, lo que reconocemos es su mirada hacia la belleza y el orden, una mirada feliz, que dirige a Baldry Court, el hogar de Chris, de Kitty Baldry y el suyo propio. Todo es tan hermoso y consecuente que el hecho mismo de la ausencia de Chris por causa de la guerra parece un mero paréntesis en la felicidad sustancial de las dos mujeres. La mirada, sin embargo, no es de Kitty, es de Jenny, y, por ello, la persona más preocupada por la suerte de Chris es Jenny, pues en la ausencia de su primo percibe también, a lo lejos, la sombra de una amenaza: lo que esa mirada advierte es, sin saberlo, lo que va a empezar a perder. De hecho, más adelante, cuando Chris esté de vuelta y la situación haya evolucionado de forma tan sorprendente como incomprensible para ella, es esa situación de alejamiento la que le arrebata la mirada feliz, pues comprende que la felicidad no está solo en un lugar y un paisaje feliz sino en compartirlo. «Pero la visión de esas cosas no me produjo ninguna alegría, porque mi mirada era solitaria», se dice apesadumbrada. A partir de ese momento, la sensibilidad de Jenny se exacerba y un difuso temor empieza a invadirla.

La situación no puede ser más extraordinaria. Descubrimos, al regreso de Chris del frente, que Margaret es una muchacha del campo, hija del dueño de una fonda que frecuentaba Chris en su primera juventud, de la que este se enamoró profunda y juvenilmente. Margaret representa para él la frescura, belleza y espontaneidad de un mundo y una forma de vida distintos al suyo. El azar, sin embargo, hizo que la naciente relación concluyera bruscamente, pero queda escondida en la conciencia de Chris. Cuando sufre la conmoción de la herida en el frente, años después, al desvanecerse la memoria reciente acude a él la memoria antigua y toda su obsesión es recobrar a Margaret. Para entonces, Margaret es la paciente y resignada esposa de un hombre mediocre y enfermo, pero nunca ha olvidado aquel amor de juventud, aunque tampoco nunca, por unas razones y por otras, ha vuelto a saber de Chris. Entonces llega a la dirección de

Margaret el telegrama de un Chris herido y solo al que, de pronto, en su convalecencia, se le aparece la imagen de aquella muchacha en la soledad del hospital. Y la mujer, con la mejor voluntad y humildad, sintiéndose desplazada del conflicto y, desde luego, del mundo de los Baldry, lleva la noticia de la suerte de Chris a Baldry Court para contrariedad de Jenny y, sobre todo, de Kitty.

A partir de aquí, expuesto el problema, se anuda el drama. Chris regresa, pero exige la presencia de Margaret en tanto trata a Kitty con educada deferencia, pero como a una extraña; acepta que es su esposa, mas no siente atracción o interés alguno por ella. Kitty, por su parte, ofendida en extremo, se limita a esperar conservando una fría dignidad mientras no puede dejar de admitir las visitas, exclusivamente amistosas, de Margaret a Chris, a petición de este. El paraíso está roto. La mirada feliz, perdida. El mundo estable y duradero que rodea la casa, y a Jenny con ella, se convierte en una realidad inasumible e inevitable que Kitty solventa no dejándose ver y no queriendo ver a Margaret. Pero Jenny está en medio del conflicto y no puede desaparecer de escena. «Quise poner fin a mi desesperación saltando desde las alturas, y me subí a una loma y me arrojé bocabajo sobre las hojas muertas que había al pie.»

Como decía antes, la genialidad de la autora es conceder la voz narradora a Jenny. Jenny es esa persona a la que una familia recoge en su casa como familiar muy cercano, como compañía de Kitty y como solución a su estancia en el mundo. Jenny disfruta de la vida en la medida en que disfrutan de ella Chris y Kitty en un mundo donde la abundancia exime de todo padecimiento. Agradecida, emocionalmente dedicada a su primo, el compañero de juegos de la infancia, y de rebote a Kitty con un afecto cómplice, dotada de una notable sensibilidad, generosa y leal, se encuentra de pronto en el ojo del huracán de una situación por demás extraordinaria, y acepta algo que no comprende por amor a su primo, a diferencia de Kitty, que acepta la situación por convención, por no causar escándalo y por no rebajarse a una pelea por la posesión del hombre, pelea que considera deshonrosa dada la diferencia de clase y educación que la separa del antiguo amor adolescente de Chris. Kitty, herida en su orgullo, espera una recuperación de la memoria de su marido para que todo vuelva a su lugar. Jenny, en cambio, percibe que la situación está afectando a algo más hondo que un ataque pasajero de demencia provocado por la pérdida de memoria. En su generosidad, no deja de percibir que para Chris esa historia de un amor perdido que revive por un azar inverosímil es tan verdadera como verdaderos son la belleza del mundo y el entorno de la casa y el hogar que Chris ha creado y al que Jenny también pertenece. Y como es leal, sigue siendo leal a Chris, aunque deplore lo que ocurre y no lo entienda porque, a diferencia de Kitty, ella sí ve lo verdaderamente importante para ella: que Chris parece ser feliz con Margaret.

Esta es la posición exacta de narrador que Jenny asume en el conflicto. Y desde esa posición, su papel en el relato es el de la única persona que puede dar fe de los hechos tal y como están siendo hasta que suceda algo que rompa la extravagante situación. Y ese algo sucede y la autora lo muestra con dos soberbios hallazgos literarios gracias a la mirada de Jenny.

Jenny confió desde el principio en que al ver Chris a Margaret siendo la mujer fea, ajada y vulgar que ahora era, su imagen de la Margaret joven se desvanecería y regresaría a la cordura, por lo que le resulta incomprensible que siga fascinado con ella. «Supongo que en términos espirituales el tema de nuestra tragedia podía describirse así: en Kitty él se había apartado del tipo de mujer que hace que el cuerpo conquiste al alma; en mí, del tipo que media entre el alma y el cuerpo y los hace correr a la par y sin asperezas como dos caballos bien emparejados en un carruaje, y se había entregado a una mujer cuya funesta costumbre era defender el alma contra el cuerpo.» Sin darse cuenta, Jenny, al plantearse la crueldad de esta actitud, que eso es para ellas dos, da con el quid de la situación aunque aún no lo sabe. Para saberlo, necesitará asistir a una escena soberbia, maravillosamente contada, en la que, de regreso a la casa después de sus desconsoladas meditaciones, encuentra a Chris dormido junto a un recodo del río y a Margaret observándole; y de pronto entiende la belleza profunda de la escena. «Quería decir que la mujer había recogido el alma del hombre en la suya y la mantenía caliente en el amor y la paz para que su cuerpo pudiera descansar tranquilo durante un rato.» Por fin se olvida de las feas y bastas manos de Margaret —un *leitmotiv* del rechazo durante todo el relato— para entender el valor que ella posee: el espíritu. Entonces su mirada cambia. Cuando, al final, entra en la casa, es su mirada de admiración por lo recién descubierto lo que a sus ojos devuelve a la casa la belleza que poseía, la belleza inicial que Jenny había, en su preocupación, olvidado. Al fin, el esplendor recobrado.

Pero queda el acto final. La construcción narrativa que conduce a la escena con el doctor Anderson, reclamado para curar la amnesia de Chris, es de una maestría insuperable. Es también el momento definitivo de amor de Margaret, cuando se dispone a ofrecer la clave que despertará a Chris de su sueño. Un momento sacrificial para ella que no escapa al ojo ahora espantado de Jenny, porque ella sí comprende lo que va a suceder, es la única que lo va a comprender, además de Margaret. Y entonces llega ese final demoledor en que Margaret habla con Chris y, con la generosidad propia de su buen corazón, introduce en él la llave que abrirá su memoria mientras ellas, Kitty y Jenny, esperan. Es aquí cuando el lector comprende que la novela solo tiene sentido si, justo en ese momento, se vence del lado de Jenny (de nuevo de la mirada de Jenny), que se corresponde ahora con la de un alma «sumida en el horror», porque ella sabe cuál va a ser el verdadero alcance de la revelación que les devolverá a su Chris: «Cuando hubiéramos alzado el yugo de nuestros abrazos, volvería a esa trinchera inundada de Flandes, bajo ese cielo más lleno de muerte que de nubes...».

Y entonces, mirando acercarse a Chris a la casa, escucha las palabras —terribles palabras para Jenny, la que comprende— de Kitty, satisfecha, mirando sobre su hombro y viéndolo acercarse:

«—¡Está curado! —susurró lentamente—. ¡Está curado!».